你我并称为诗
萧楚白 著
江苏凤凰文艺出版社

**图书在版编目（CIP）数据**

你我并称为诗 / 萧楚白著 . -- 南京：江苏凤凰文艺出版社，2023.11

ISBN 978-7-5594-7987-7

Ⅰ . ①你… Ⅱ . ①萧… Ⅲ . ①散文集 - 中国 - 当代 Ⅳ . ① I267

中国国家版本馆 CIP 数据核字（2023）第 176571 号

# 你我并称为诗

萧楚白 著

责任编辑 王昕宁
策划编辑 罗 盛
特约编辑 连 慧
装帧设计 王昭刚
责任印制 刘 巍
出版发行 江苏凤凰文艺出版社
南京市中央路 165号，邮编：210009
网 址 http://www.jswenyi.com
印 刷 天津鸿彬印刷有限公司
开 本 880毫米×1230毫米 1/32
印 张 9
字 数 170千字
版 次 2023年 11月第 1版
印 次 2023年 11月第 1次印刷
书 号 ISBN 978-7-5594-7987-7
定 价 55.00元

侠客行（节选）

〔唐〕李白

十步杀一人，千里不留行。

事了拂衣去，深藏身与名。

人月圆·山中书事（节选）

〔元〕张可久

数间茅舍，藏书万卷，投老村家。
山中何事？松花酿酒，春水煎茶。

# 目录

菩萨蛮·人人说尽江南好（节选）

〔唐〕韦庄

未老莫还乡，还乡须断肠。

# 序：诗尽云霞沧浪中

惊堂木响，鸦雀声息，说书人一声轻咳，说起了一个故事：

话说五千年来，中州大地之中，立有一座大擂台，其底座之木，共三百一十一根，每一根上刻有一首《诗经》篇目，因此唤作诗坛。

许多年来，各路英雄好汉上台比赛，拳脚交加，刀光剑影，打得酣畅淋漓，看客也是意犹未尽。

最初上台的人并不动手，虽然他的武功不错，此人正是曹丕。

曹丕不是来比试的，而是来祭拜的。当时建这座诗坛，不是作擂台，而是作祭坛。

曹丕在祭坛上立了两个牌位，一个是屈原，另一个是曹操。

后来，曹魏集团“倒闭”，牌位上曹操的名字就被人换成了曹植。

紧接着，又加上了一个无名氏的牌位。

后来又多了陶渊明的牌位，屈、曹、陶、佚，被誉为诗坛“初代四皇”。

当时也有不少人轮番登上这个祭坛。一开始都是来祭拜诗坛前辈的，后来就慢慢分了派别，互相不服，甚至有人开始出言不逊，并公然叫嚣要拳打曹子建，脚踢陶渊明。

能让他们忌惮的，是那个死了快一千年的屈原。但是这些人不论如何叫嚣，都没有用。

再后来谢灵运、谢朓、庾信等人轮番登台，打造了属于各自的时代。

后人把这个时代称为“漫长的诗坛中世纪”。六朝的靡靡之风吹遍诗坛，六朝一派以近乎花拳绣腿的功夫一统长江两岸。建安风骨出现的时候，人人都以为诗坛迎来了新纪元，没想那已是一座巅峰。

诗坛凋零，大厦将倾。

诗的祭坛，或者说擂台，眼看着要倒下，要冲入深渊，万劫不复。

但一对父子来到这里，决心挽狂澜于既倒，扶诗坛之将倾，他们要扫尽浮华，再造诗坛盛世。他们是杨坚和杨广。

虽然他们的帝国被摧毁，但他们改造诗坛的意志被传承下去，随着杨广在临死前作的一首绝命诗，诗坛在隋末乱世中开启了属于诗的大时代。

在这个大时代中，最先出道的是个组合，叫“初唐四杰”，四个人，四件兵器，打得六朝的花拳绣腿节节败退，直到六朝一派最后一位天才张若虚出手，以一首刚柔并济，以柔克刚的《春江花月夜》与四杰平分秋色，才保住了六朝最后的体面。

从此以后，各路豪侠纷纷涌现，汇集诗坛，偏要争一个诗王！边塞诗四大天王，田园主义诗人纷纷加入这场争斗。

陈子昂手持丈八蛇矛，扫荡风雷，锐意进取，但内力不足，招式反反复复，也就那一十三招，号称风雷十三手，故此未能封神，却在不经意间为后辈的一位诗坛剑仙开路。

这位剑仙千里传音，自海上发出一声长啸，却如在众人耳畔高歌：“君不见，黄河之水天上来！”

青莲剑仙李白携酒仗剑，骑鲸长啸，跨海而来。一把倚天剑神出鬼没，威力无穷，成了诗坛第四位活着时便被公认的天下第一。

除了已经金盆洗手，在辋川山庄自娱自乐的笑佛王维，人们甚至想不出有谁能跟他争一日之雄长。世人只能说一句：“李白未必真无敌，当世犹有王摩诘。”

王维的摩诘三十六手，施展出来，如羚羊挂角，无迹可寻，又兼诗画双绝，一出手，诗中有画，画中有诗。

但他毕竟没跟李白打过。

有一个绰号诗坛百晓生的人，说："王摩诘内力有余，杀气不足，生死相搏，李白必胜。"

王维听说后，只是淡淡一笑，随手写道："大漠孤烟直，长河落日圆。"

有好事者把这张纸送去给李白看，李白只看了一眼，便察觉到其中高明之处，沉吟片刻，在上面添了一笔，道："山随平野尽，江入大荒流。"

如此来回多次，这张纸早已被涂抹得一塌糊涂，谁胜谁负，却终究是一笔糊涂账。

但，也不是没有人能胜过李白。

有一个叫王昌龄的人，绰号七绝圣手，跟李白约好只比七绝，侥幸略占上风。

在一个月圆之夜，李白喝罢最后一杯酒，登天离去。

那天以后，李白的一位"粉丝"，当时平平无奇的后辈杜甫登台。

貌不惊人的他，动起手来却是招不惊人死不休，一根判官笔，让天下英雄束手，成为第五个天下第一，但种种原因，他并没有在活着时取得这个荣誉。

与李白不同，杜甫的这根判官笔出招可以说是法度严谨，招式清清楚楚，规规矩矩。

在众人眼中，杜甫每次出手，也只是比对手快一分，巧一分，准一分，但就是这一分之差，要想超越，却难如登天。最难得的是，杜甫每次出手看来都是毫不费力，仿佛随意挥洒。

时无英雄，杜甫后来最终隐退少陵，人称“少陵野老”。后人去他墓前拜祭，见墓前有三支笔，旁边各有一行字。

青莲妙笔：此笔乃太白所赠，三十岁前，裘马轻狂，读书破万卷，下笔如有神。

玄铁钢笔：此笔乃天外陨石所铸，四十岁前，驰骋天下，天下英雄，无不束手。

寻常毛笔：此笔乃幼子胎毛所作，四十岁后，不滞于物，飞花摘叶，皆可为笔，草木竹石，无不可书。



百晓生后来点评李白与杜甫：“李青莲如飞仙天外，神龙矫首；杜子美乃修身成圣，浑然不破。李为诗仙，杜为诗圣。”

有好事者问：“王维何如？”

“王摩诘遁迹修心，如如不动，可称诗佛。”

后人遂由此定论，称李白为诗仙，杜甫为诗圣，王维为诗佛，分属道儒释三家。

再后来，这座擂台又变回了祭坛。韩愈、白居易、刘禹锡、柳宗元、杜牧、李商隐这些大才子纷纷登台拜祭，昔日刀光剑影的擂台上，多了几分和气，大家只是在前辈面前打个“友谊赛”，切磋切磋。

韩愈使风雷降魔杖；白居易使一根看起来普普通通毫无花

哨的齐眉短棍；柳宗元使一把七伤剑，一练七伤，先伤己，再伤人；刘禹锡则只靠着一对刚猛无俦的铁拳打得众人鼻青脸肿。

杜牧和李商隐是最与众不同的，杜牧的兵器是酒壶，李商隐的兵器是一把透明的剑。江湖传说，杜牧的酒是青莲所传，别号紫薇酒；李商隐的剑是杜甫家数，炫目之外，法度严谨。

韩愈大开大合，招式古拙；白居易招式灵动，连贯洒脱；刘禹锡双拳虎虎生风，一力降十会；李商隐剑法绚烂，无招胜有招。

皇帝唐宣宗看四人切磋，钦定白居易为天下第一，赐号诗仙。只是李白有此头衔近百年，天下谁也不服白居易僭越诗仙，又嫌他的功夫癫狂，如入魔道，改叫他诗魔。只有东瀛一岛，确然不疑。

那是诗坛最和气也最快乐的时代。

只是，有人的地方，便有江湖；有江湖的地方，便有纷争。

到了宋朝，看着前人的不朽之作，如果不是修成非常艺业的一时俊彦，根本没有胆量上台。

梅尧臣、苏舜钦、欧阳修等人轮番做擂主，感叹偌大江湖，英雄全无。

然后一个叫王安石的人走上台。他没有兵器，也不爱拳脚，全仗铁头功会遍天下英雄，但与他交手的人，全都表示："此人绝非莽撞而已，其胸中所学，包罗万象，可谓某生平仅见。"

王安石雄踞榜首一甲子，垂垂老矣之际，突然感慨："难道天下再无俊彦？”

说罢，他竟在台上演练起自屈原以来，各门各派的功夫，从曹植的凌波微步到陶渊明的形影神三绝掌，乃至小门小派如张籍的还珠剑法、罗隐的大雪手、贾岛的苦吟潮生曲，无不信手拈来。除了李白的青莲剑法，李商隐的无形七弦剑等早已失传的之外，那些传于当世的，哪怕是残招半式，他也知道。

他演练结束，正待飞升，突闻有人大呼：“且慢！”随即冲上台来。

王安石瞧着这人：“报上名来。”

“眉山，苏轼。”

“可怕死吗？“

年轻人想了想，回答：“九死南荒吾不恨，兹游奇绝冠平生。”

那一战，据说是晚唐李商隐大战杜牧之后，三百年来最精彩、最轰动的一战，即使后来普遍认为苏轼与黄庭坚那一战意义更大，但都不能掩盖这一战的光辉。当时连欧阳修都赶来观战，大呼：“当放此子一头地。”

苏轼成了新的盟主。再后来黄庭坚以一路点金指法大败各路英雄的故事，虽然精彩，但不少人认为他是借前人的功法，并非自己的发明，只有苏轼慨然道：“功法无高下，功力见高低。”

范成大点评二人时说：“东坡（苏轼）以三流内力，练二流功夫，成一流高手；山谷（黄庭坚）以上乘功力，行二流功法，创三流诗派。”

时人皆以为然。

后来诗坛沉寂数年，也出了李清照这等女将。只是李清照扬名一战，是在隔壁新搭起来的词坛上与后辈辛弃疾的一战。因为双方都来自山东济南，字中各有一安，遂并称“济南二安”，在词坛上留下名声。

在那之前，词坛之上，供着四块牌位，前两位温庭筠、李煜，后两位一个是苏轼，一个是在“流行歌坛”封神的柳永。当时苏柳大战，苏轼以一招豪迈绝伦的“惊涛拍岸”对上柳永繁复至极的“晓风残月”，最终两人势均力敌，并称天下词尊。词坛虽然有意让一代词宗周邦彦也上个牌位，但最终因为群众人气投票环节票数落后，未能成功。

二安以后，诗词两坛渐渐合并，仍叫诗坛。

不久，杨万里以一把白纸扇击败陆游的铁算盘，拿下盟主之位。这两人功力虽然并世无双，但招式并不太高明，后来的新任盟主，白石老人姜夔点评二人：“好诗穿肠快，休在人前卖。”

此后，诗坛再度陷入凋零之局，姜夔以一根玉箫吹奏碧海潮生曲，结束了这个时代。

而其中曾经煊赫一时的许多高人，因曲高和寡，虽然后世也受到许多人追捧，却总是够不到“顶流”的那根线。

那以后，从赵秉文、元好问到唐伯虎和袁枚，诗坛盟主如流水，却再无如李白、杜甫一般横空出世的惊世高手，抑或苏轼这般的“跨界诗王”。

于是不少人勾留成党，并派扬名，什么七子三宗，什么诗派诗社，却不再敢以一人之名，冲关打擂。

一场诗坛大擂，打得激昂，散得匆忙，最后只剩吴梅村一人站在台上，怅望夕阳。

龚自珍见了这等情状，大呼一声：“九州生气恃风雷，万马齐喑究可哀。我劝天公重抖擞，不拘一格降人才。”

赵翼也高呼：“江山代有才人出，各领风骚数百年。”

却听一人应声道：“朕来！”

众人回首处，只见一人龙袍在身，登坛约战，自称“弘历”。

只见他挥手便是上万招，剑招奔腾而出，却无一招精妙。

周树人与郁达夫当时年少，见了这场面，大笑起来，道：“时无英雄，一至于斯。”

# 预章：诗的基本常识

## 四声第一

公元500多年，有一天，梁武帝突然问身边的周舍："听说沈约搞了一个四声，你知道那是什么吗？"

周舍回答："天子圣哲。"

梁武帝哈哈大笑，说："天子万福难道就不是四声了吗？"

这两人打的什么哑谜？

在南朝，有个文学天才叫沈约，他把文字分别编入四声，分别是平、上、去、入，大致就是把如今发第一声和第二声的字分入平声，把第三声分入上声，把第四声分入去、入两声。"哲"和"福"在古代都是入声，天子圣哲、天子万福，两个词恰好都是平上去入四个声部俱在，也符合我们现在汉语拼音的一二三四声调。

在沈约这么干之前，写诗是一件很简单的事，任何人只要会押韵，就能写诗。古体诗比如《诗经》、乐府，格式就很随意，可以说是现代歌词的鼻祖。

而随着古人写的诗越来越多，他们就开始总结一些写诗的技巧，试图搞清楚如何才能把诗写得更好。

四声正是为此而来，在沈约的设定下，成了近体诗的基础。

我们可以把这理解为武术的套路，即在沈约之前，打架是没有规矩的，什么动作都可以。而沈约为打架定了规则，让街头斗殴变成了拳击比赛，而“四声”就是最基础的勾拳、摆腿等标准动作。

### 平仄第二

由于平声字数量巨大，发音平缓，因此直接与剩下的上、去、入三部相对，后者被统称为仄声，这就是所谓的平仄，可以看成是格斗比赛中的拳击和腿击。

格律诗因为自带对仗属性，仄起平收，因此通常押平声韵，大家可以回忆下自己学过的唐朝以后的诗，押的韵通常都是平声。

### 粘替第三

在格律诗创作中，基于平仄有了两个有趣的规则，一个叫替——简单来说，每一句诗在偶数位置上的字，要切换平仄，举例：

白日依山尽，黄河入海流。
欲穷千里目，更上一层楼。

——〔唐〕李白《登鹳雀楼》

日和山、河和海、穷和里、上和层，就是各自句子里的第二、第四字，在每一句里，这两个位置都是平仄交替的，这就叫替。换成七言也是一样，比如“杨花落尽子规啼”，花、尽、规三字依次是平、仄、平。

那么就有了一个问题，如果前一句是某平某仄平，后一句也用某平某仄平，句式一样，读起来就缺乏变化，十分单调。因此每一联的上下句，也要保持偶数位的字平仄相对。以“白日依山尽，黄河入海流”举例，上联的第二字“日”是仄声，下联第二字“河”就是平声，以此让句式有起伏。“杨花落尽子规啼”的下一句是“闻道龙标过五溪”，大家可以自行对应一下，看看是否贴合？

第一联写完，问题又来了：如果按照这个规则，第二联句式不就跟第一联一样了？那每一联的节奏不就也一样了？

解决方法大家当然也能想到，再变一次呗。于是，一首四句的绝句里，第二句和第三句格式一致，第一句和第四句格式一致。

杨花落尽子规啼，闻道龙标过五溪。
我寄愁心与明月，随风直到夜郎西。
——〔唐〕李白《闻王昌龄左迁龙标遥有此寄》

“杨花落尽子规啼”“随风直到夜郎西”，第二、四、六个字都是平、仄、平的，这样每一联的句式都跟上一联不同，整首诗有变化就很灵动了。

放到八句的律诗里也是一样，只要写格律诗，按照这个规则准没错。

这就像是格斗比赛，选手不可能一直只用一个动作，或者一套动作，而是要不断变化拳脚，让对方难以摸清自己的套路。

在格律诗上，隔一字一换，与上一个偶数字平仄交替，叫做替。一联之中上下两句的偶数字相对，就是对。每一联一变，与上一句的格式榫卯对应，就叫粘。



**对仗第四**

除此之外，诗还有对仗的要求。在绝句（即只有两联的诗）中通常可对仗可不对仗，即使对仗往往也只要选一联对仗。

但律诗（通常是四联），则要求中间的两联要对仗。

丞相祠堂何处寻？锦官城外柏森森。
映阶碧草自春色，隔叶黄鹂空好音。
三顾频烦天下计，两朝开济老臣心。
出师未捷身先死，长使英雄泪满襟。

——〔唐〕杜甫《蜀相》

所以七律向来是格律诗中比较难写的。

而在科举考试中，考试项目往往是排律，通常是六联或八联，也要求对仗。古人有长诗，会备注二十二韵，三十六韵，意思就是，要写二十二联或三十六联的长诗，整首诗全符合格律的要求。大家可以用上面学过的规则，套一下下面这一首科举考试时的应试诗。

善鼓云和瑟，常闻帝子灵。
冯夷空自舞，楚客不堪听。
苦调凄金石，清音入杳冥。
苍梧来怨慕，白芷动芳馨。
流水传潇浦，悲风过洞庭。
曲终人不见，江上数峰青。

——〔唐〕钱起《省试湘灵鼓瑟》

对仗到底有什么用？其实就是丰富句子的韵律和美感。很多诗人写绝句的时候并不刻意追求对仗——不过他们认为，在附加限制条件的情况下，还能写出来有水平的诗更考验作者的水平。也就是戴着镣铐跳舞，有一种别样的美。

写到这种地步，就像是武术比赛中的套路比赛，讲究的是力量和姿态的行云流水，刚柔并济。

但是也正是为此，在唐朝近体诗大肆流行之后，许多民歌的地位就相对下滑了，因为创作门槛完全不同了。

老百姓随口就能唱山歌，唱信天游，刘邦、项羽也能唱出《垓下歌》《大风歌》，但是要唱出一首七言律诗，几乎不可能。

也就是说，近体诗提升了诗的创作门槛和难度。

## 押韵第五

经常读诗会发现，古人的押韵，跟我们不太一样，比如花和斜、开和杯、水和已，这些字从我们的角度来看，就是不押韵的，但是在古代的发音中，它们是押韵的。可是古人的发音也并非一成不变，他们怎么保证韵脚一直准确呢？

答案是：出一本官方的韵书，把押韵的字归类到一起，比如《平水韵》，就是韵书的集大成之作。

现在所谓粤语就是古汉语的说法，是以偏概全之说。韵书甚至可能跟官话都对不上，遑论吴侬软语、岭南粤语。

也就是说，后世作诗，押韵依韵书，而非当时的口语，好处是不论音韵如何变化，诗人都可以从韵书中得到标准答案，坏处是，初学者会很痛苦，因为跟日常说话不一致，而科举考试不允许邻韵通押（将邻近的韵部当作同一个韵部使用），万一考生记错了，卷子就白写了。

既然押韵更有韵律感，那古人为什么不让一首诗的每一句都押韵呢？

那样的诗也不是没有，古代有一种诗叫“柏梁体”，每一句都押韵。金庸先生在《倚天屠龙记》中创作了四十个回目，每个回目都用一句七言诗作题目，这些回目连起来就是一首柏梁体的长诗，一韵到底。

在格律诗里，如果每一句都押韵，节奏感就会在每一句的句尾断开，平起平收，韵律感也荡然无存，一联诗的对仗也失去了意义。就像武术表演，一直重复一个动作，整体的视觉体验就很“平”，属于为了表演而表演，失去了武术本身的意义。

所以哪怕是只以押韵为基础的古体诗，也不会句句押韵，毕竟大多数情况下，写诗的目的是表达，而不是炫技，押韵是为了让作品更具美感，而不是为了给创作者增加难度。

押韵，对仗，粘替，平仄，这就是写格律诗的基本法则，看起来似乎很难，其实写着写着，也就了然于胸了。就像武术的套路，表演的时候千变万化看得眼花缭乱，其实拆开来看，也都是基础动作的组合。



**填词第六**

学填词的基础是分得清平仄和押韵，然后就是背词谱。也因为有词谱，所以只要根据词谱要求的平仄去填，就能完成创作了——需要注意的是，有些词牌的某些句子是要求对仗的，或者有特殊要求，比如鹧鸪天，中间一联通常要对仗：

醉拍春衫惜旧香。天将离恨恼疏狂。年年陌上生秋草，日日楼中到夕阳。

云渺渺，水茫茫。征人归路许多长。相思本是无凭语，莫向花笺费泪行。

——〔宋〕晏几道《鹧鸪天·醉拍春衫惜旧香》

有一些作者未必遵循这些规则，于是词牌名也衍生出了一些变体，就像太极拳演化出了陈氏太极、杨氏太极、王氏太极，很多词牌本身作为填词家的歌词模板，自然也会演变出不同的格式。



**审美第七**

一首诗，好还是不好，谁有权力决定？

如果一首诗，一定要经过评论家的称颂才能被世人赞扬，就像一道菜，一定要美食家推荐后，才称得上好吃，那么它到底好不好，就难说了。专家和评论家要做的，应该是分析哪里好哪里不好，而不是定义其好不好。

任何一首歌能在网络时代杀出重围，就一定有它的独到之处，许多专业人士眼中的“普通的诗”，能在群众中广为流传，说明它一定有让群众喜欢的特点。

诗词的好与不好，美与不美，其实不是我们关注的核心——把你喜欢的诗词摘出来，存起来，只要它能穿越时光的藩篱，流传下去，那就自然成了好的作品。

### 诗人第八

在古代，诗人这个身份并非社会身份，因此也不存在以诗人身份混饭吃的。卖诗的倒是有，但也只是在街头摆摊，按照客人的要求作诗，当然也会兼职搞一些代笔抄书之类的活计。

想要混到柳永这种大宋顶级填词作曲家的水准，可以说比考状元还要难些。

正经的文人，哪怕考不上功名，只要能得一个秀才监生，谋生的途径也有不少，书法好的抄经题字，文笔好的润笔为文，学问通的私塾教书。

因此，写诗只是文人众多社会性兼职的一部分，绝少有把写诗当主业的。

哪怕是如今的全职诗人，也难将写诗作为谋生的唯一手段，这一点不可不知。

# 一、屈陶——两面人生

菊花开得真不错啊。

我看着手中的菊花，假装没注意到院子外边那个傻里傻气的白衣人。

那白衣人也不知是“社恐”还是出于礼貌，一直不敢打扰我。我见他始终不开口，终于抬头看了他一眼。

原来他叫王弘，官拜江州刺史，大官。

而我的最后一个职务，是彭泽令，芝麻大的一个小官。

如果我还在职，见了他至少也得穿戴整齐，行礼参见，但我现在身为一介布衣，自然是不必为任何人折腰的。

王弘告诉我，他仰慕我的才华，特来拜访，对他这种人，我向来是要下逐客令的。

嗯？什么香气？是上好的酒！

我抬眼打量了王弘一番，忽然觉得他看起来很顺眼。

我交朋友就是这么随意。

如果你陪我喝酒，咱们就是朋友；如果你请我喝酒，那咱们就是好朋友。

酒过三巡，王弘试探着跟我聊天，可我没想到，他这人根本不会聊天。因为他问我的第一个问题，竟然是：“你是怎么走出屈原的阴影的？”

我站起身，左看右看，又走到门外看了一会，然后转身道：“哪里有什么阴影？”

其实，王弘想问什么，我很明白。

诗道之上，屈原是划时代的地标。

自他以来，天下分为南北两大阵营。北派从历代佳作中精选三百首，以风、雅、颂为主题，即《诗经》。



南派走出了他一个江左司徒、三闾大夫，凭一人一笔，开宗立派，创《楚辞》一脉，和《诗经》并列，称为风骚。

屈原，嘿，好一个屈原。

“屈子雄霸诗坛十甲子，可谓泰山之尊，北斗之望。所以尊隆至此，盖为其所留者，万世之诗法也。”

王弘道：“何谓万世诗法？”

我想了想，琢磨怎么能让他搞明白：“君好武，请以武论之。夫功分内外，拳有章法，《诗》则以三式立本，曰赋、曰比、曰兴，三者交杂，故可以兴、可以群、可以观、可以怨。所以铺陈指事以为文，借物传情以为质，文质彬彬，然后成君子之诗。及至屈子，融汇三式，奋三百年之余气，别创一宗，起六百年之诗心。”我越谈越兴奋，也就顾不上他能不能听懂了。

《诗经》很好，赋、比、兴三法为后世诗人明确了基本功，教人们如何以诗的语言，说自己想说的话。

屈原则在这个基础上，另外创下了三门功夫，能让诗人快速成长起来。

我边说边给王弘比画。

第一套新功夫，叫“香草美人拳”，脱胎于《诗经》的赋、比、兴三板斧，以美人香草比明君贤臣，以妒妇妖花比奸臣贼子，虽然不免用了《诗经》所定的框架，但是胜在浑然一体，自成一派。

第二套功夫，叫“自在极意功”，即不论何时何事，皆可入于辞赋，别人是在诗的法度束缚中艰难前行，他却是出手即为法度，任意挥洒才华。他嫌民间祭祀的乐曲俗艳，挥洒一番，就成了《九歌》；他把心里的疑惑写出来，问出来，就成了《天问》。

有了这两套功夫，屈原已经可以称得上无敌于天下了，但他还不满意，就像棋王想要找出神之一手，屈原也想找到诗的巅峰。

王弘悠然神往，问我什么是诗的巅峰法门？

“诗之高者，即景即情。”诗的最高境界，是能通过文字载体，令读者身临其境，如感其情。

“路漫漫其修远兮，吾将上下而求索。”这是屈原踽踽独行的背影；“长太息以掩涕兮，哀民生之多艰。”这是屈原忧国忧民的情怀；“身既死兮神以灵，魂魄毅兮为鬼雄。”这是屈原报国舍身的决心。他不是一个文案专家，也没有人花钱让他写这些东西，但他写出来的作品，自然而然就成了最顶级的，让人看一句就陷入了情境之中。

此后六百年，三曹七子、七贤二陆，左思、蔡邕、李延年、繁钦、潘岳，诗坛后辈仿佛就活在他的阴影之下，无法走出他画的这个圈。

所以王弘十分在意这个问题，居然开口直接问我这种问题。

如果说六百年来，有哪一位诗人不曾生活在屈原的阴影之中，那就是我陶潜了。

谦虚点说，我也算半个名门之后，曾祖父陶侃寒门出身，白手起家，一路做到了都督七州军事，也算对得起我们了。

到了我这一代，父母早逝，家道中落，但也不耽误我二十岁左右就能加入朝廷，成为官吏。但时至东晋末年，朝政腐败混乱，当官的也朝不保夕。我不过谋个衣食所安而已，有必要搞得血雨腥风的吗？但求苟全性命于乱世，不求闻达于诸侯。

这话倒不能说给王弘听，毕竟他也是其中一员。

我的仕途是间歇性、跳跃性的，所以常常闲居在家。但乱世之中，读过书的士子比金子还少，所以反复有人给我发邀请函，有时我高兴了就去干几天，喝它个三五百杯酒，醉上它三五百天；有时不高兴，就直接回绝了。

后来我一路离职，又一路就职，做到了后来的宋武帝刘裕的参军。这是个有前途的位置，只要我肯好好干，在刘裕这样干实事的开国皇帝手下不愁没有出头之日。

可惜了，我性格本就散漫，加上多年来的自由不羁，现在想让我安心为朝臣是不可能了。

我最后的一个岗位是彭泽令，是叔叔看我混得实在太差，考虑到老陶家读书的种子不多，还是想拉我一把。

彭泽令是一个小官。

当年跟我一起入仕的，如果没死在政治风暴中，哪个不是高官厚禄？差不多就跟王弘一样，只有我还在原地打转。

后来有一天，手下说人事考核的官员要来打分了。

“这些人事考核官，级别未必有我高，能力未必有我强，资历未必比我老，却有权力决定我的未来？我越想越气，怎么现在什么阿猫阿狗都能管我了？”

王弘听了，点了点头：“别说是陶先生您这样的世外高人，就是我，见了他们也一样要赔着小心。”

话是这么说，为了混口饭吃，我还是忍住了，毕竟我还有六个娃都要养啊。

你看，我好像也不是那么洒脱。

结果我好不容易做好了心理建设，准备点头哈腰了，我手底下的人跟我说：“见考核官要穿戴整齐啊。”

“你能明白我当时的心情吗？”我对王弘说，“就像一匹负重已经到了极限的骆驼，轻轻给它加上一根稻草，它也会倒下的。”

王弘点了点头。

我当时长长叹了口气，似乎想把一辈子的埋怨和抱负都从这口气里叹出去：“余不能为五斗米，而折腰于乡里小人之前。”

王弘眼睛一亮，看得出来，我这个故事流传甚广，他肯定早就听过了。

紧接着，王弘问我第二个问题：“倘若不是五斗米，而是五斗金呢？”

“我不爱做假设，你真拿五斗金来，可以试试。”

王弘哈哈一笑，道：“我就是喜欢先生你这样的真性情。”



故事虽然精彩，但当时真正触动我的，其实是舍妹之死。她的死，让我再次体会到人生无常。我常常想，既然我们不知道明天和意外谁先来，那我们到底该不该为意外发愁。是继续按部就班呢，还是应该及时行乐，快意人生呢？

这次离职，我也不慌，凭着方宅十余亩，草屋八九间，我也算是衣食无忧。可惜老天爷见不得我这样悠然，一把大火，把我家给烧了，我没有办法，只能搬到这里来了。

说到这，我那大儿子来了。

他一来，见我这里有客人，就要走，我拉住他，给王弘引见，儿子们以前跟我关系都很不错，我也一直觉得我的教育很成功。虽然他们几个没一个有出息，但是这世道，没出息，不就是有出息吗？

可孩子们长大后就不听我的话了。

别人的父亲如果身居高位，则如履薄冰地保全官位；如果生在市井，则起早贪黑地干活养家。我呢？出去当官，没几天就回来了，在家的时候喝酒、睡大觉，偶尔去翻翻地，还落得一个“草盛豆苗稀”的结果。

最让几个儿子生气的是，我拿最宝贵的粮食酿酒喝。有一次，大儿子对我说：“有酿酒的技术，哪怕做酒拿来卖也行啊。别人喝酒是为了应酬，喝一次官升一级，你是喝一次全家少一顿饭。”

总而言之，我既非称职的父亲，也不是尽责的丈夫，不是合格的官员，更不是勤劳的农夫。我能给孩子们的，也就是带着酒臭味的陪伴了。



屈原则不同。

他是正经贵族出身，是从小就注定要踏入楚国政坛的天才少年。他记性好，口才佳，学习能力强，又有一颗忠君爱国之心，是楚国政坛一颗冉冉升起的新星，但凡国君能靠谱一些，他都有机会实现自己的抱负理想。

但他的主公，是堪称楚国八百年间第一昏君的楚怀王。

屈原在他的能力范围内做了最大的努力，他再没有别的选择。应该说，屈原从出生以来，就没考虑过什么归隐田园。

所以如果一定要批评屈原，似乎也只能说他一句愚忠。

朝秦暮楚，没有问题，但屈原是楚国王室之后，世受国恩的他在无力回天时，选择以死明志，是最崇高、理性且体面的告别。

“可以说，他与楚国，本就是命运共同体。”

王弘情不自禁地点了点头，他跟刘裕集团又何尝不是命运共同体呢？光听我讲这些事，他就觉得很有趣了。

其实不谈屈原的辞赋，他的人生都可以说得上足够丰富，但辞赋于他却不是锦上添花，而是他人生的底色。

“诗坛千年，能以诗为底色者，三人而已。而屈原之底色纯正端凝，最为浓厚。”我说完这句话，饮尽杯中之酒，打了个酒嗝，才缓缓道，“潜虽不才，少时亦有青云之志，后悟丘山林野之乐，方有避世之想。于仕无缘，与诗有亲……”

从小练了几天《诗经》“三板斧”，我是打心底看不上这一套。当然不是看不上屈原，只是取法乎上，仅得其中，练这些花拳绣腿，不可能达到屈原的高度。

“误落尘网中，一去三十年”，我才悟出了一套只属于自己的绝技——醉拳。

我这绝技最厉害的地方，是我没有从《诗经》《楚辞》、建安风骨中取材，很少“借鉴”前人的经验。

论起这门绝技的成分，或许《庄子》《史记》《山海经》占一半，行云、炊烟、秋菊、美酒占一半。

当然，酒和《庄子》合计，至少三成以上。

王弘皱眉苦思片刻，见我颠颠倒倒，半醉半醒的样子，忽然顿悟：“我懂了，先生这套功夫，虽然看起来无甚章法，但举手投足，无不暗合法度，且动作行云流水，自然之至。屈原尚且有雕琢之痕迹，在您这儿，浑然天成，似毫不费力，却又绝非世俗语。”

接着他念了一首我的诗：

精卫衔微木，将以填沧海。
刑天舞干戚，猛志固常在。
同物既无虑，化去不复悔。
徒设在昔心，良辰讵可待！

——〔魏晋〕陶渊明《读山海经·十》



“另一方面，先生善见山水田园之风光，又能拟故事之情境。屈原即景即情，是以景引入，到了先生这儿，则是如在画中，情景自现。”

于是他又念了一首我的诗：

霭霭停云，濛濛时雨。八表同昏，平路伊阻。
静寄东轩，春醪独抚。良朋悠邈，搔首延伫。
停云霭霭，时雨濛濛。八表同昏，平陆成江。
有酒有酒，闲饮东窗。愿言怀人，舟车靡从。

——〔魏晋〕陶渊明《停云》（节选）

是啊，听别人念自己的诗，虽然有些尴尬，但能把诗写成有剧情、有起伏、有头尾的连环画，这是很了不起的。

王弘别的不行，酒量也一般，总结发言却很有领导的范儿，要不说他能升官呢？

“而先生还有一处了不起，就是谈玄之气。在诗中探讨哲学，又不让人觉得无趣。譬如借形影神三者之问答论道：

大钧无私力，万理自森著。
人为三才中，岂不以我故。
与君虽异物，生而相依附。
结托既喜同，安得不相语。
三皇大圣人，今复在何处？
彭祖爱永年，欲留不得住。
老少同一死，贤愚无复数。
日醉或能忘，将非促龄具？
立善常所欣，谁当为汝誉？
甚念伤吾生，正宜委运去。
纵浪大化中，不喜亦不惧。
应尽便须尽，无复独多虑。”

——〔魏晋〕陶渊明《形影神三首·神释》

在他的描述中，我另辟蹊径，走向了诗中庐山，它不一定高，不一定大，但足够隐，足够秀，有溪流汇成瀑布，有菊花种满山坡，有粮食可以酿酒，有停云可以驻足。

王弘叹息一声："六百年下第一人，先生可说是诗家一祖师矣。"

那天王弘离开后，我取下无弦琴弹了许久，想着白天说的话，忽然有点伤感。

王弘回去的路上，他的随从问他："大人，这老酒鬼饭都吃不上了，到底有什么了不起的？"

王弘沉吟片刻，道："如果他想，就算要肉吃也并不难，可他宁愿饿死在山上，也不肯下山吃肉，这就是他了不起的地方。我来看他，或许只是因为他活成了我活不起的样子。"

他显然想多了，我也怕饿，有一次饿得实在受不了了，我就去要饭，还一边念诗一边要饭：

饥来驱我去，不知竟何之。
行行至斯里，叩门拙言辞。
主人解余意，遗赠岂虚来。
谈谐终日夕，觞至辄倾杯。
情欣新知欢，言咏遂赋诗。
感子漂母惠，愧我非韩才。
衔戢知何谢，冥报以相贻。

——〔魏晋〕陶渊明《乞食》

后来，王弘总派人来探望我，给我送酒，送衣，送鞋。

他离任后，接任他的颜延之也来看我，给我送钱，我就把钱给山下酒家，说："帮我挂账上，每次来喝酒，就从这钱里扣。"

也有人对我嗤之以鼻，和王弘说："大人，这诗真能比得上屈子吗？"

"你爱读流行诗，尊崇诗家之'正道'，以为陶先生的诗充其量称得上中上之品，却不知陶先生的诗，一语天然，豪华落尽，如精酿之酒，真也醇也，毫无杂质。屈陶二子，都当国之末世，却如一体之两端，如屈子与渔夫，一者以身之察察，不受天下滔滔之浊流，一者则咏：'沧浪之水清兮，可以濯吾缨；沧浪之水浊兮，可以濯吾足。'然陶子归身丘山林泉，则与屈子终同归矣。"

那人有一天来见我，将王弘这番话说与我听，我脑中仿佛电闪雷鸣！

是啊，我自诩与屈原不同，但在与世同俗的道路上，我难道不也跟他一样无法和这个世界和解吗？

那一天后，我常常想这件事，常常吟诵屈原的诗，"亦余心之所善兮，虽九死其犹未悔……芳与泽其杂糅兮，唯昭质其犹未亏……"

在某个月明如水的夜里，我流泪了。我读通了他的诗，读懂了他的人生。

未曾深夜流泪者，不足以语人生。原来我这大半生，都未曾理解什么是人生。

我仍然喝酒，仍然作诗，仍然过着不需为任何人负责的人生，但在我心中，有那么一个人，长歌当哭，披发行吟，走过了我的另一种人生。

# 二、曹刘——天下英雄谁敌手

这世间的多数人，根本不懂诗。

说这句狂话的不是别人，正是我元好问[1]。

我要写一组诗，告诉这些人，到底什么样的人才是真正的大诗人。

提起笔来的一瞬间，屈原？陶渊明？初唐四杰？李杜？一堆名字在我脑中穿梭，每个都想成为我笔下的第一个出场人物。我拨开脑中这些乱飞的名字，一个小小的、苍劲有力的、仿佛要破空飞去的名字便浮现出来。它很安静，却充满了力量，构成了建安风骨。

曹刘坐啸虎生风，四海无人角两雄。

可惜并州刘越石，不教横槊建安中。

——〔金〕元好问《论诗三十首·其二》

① 元好问，字裕之，号遗山，世称遗山先生，山西人。诗词文曲俱佳，有鲜卑血统，入仕金朝。

在这首诗中，我提到了三个诗人，“曹”即曹植，“刘”则刘桢，“并州刘越石”即西晋末年的民族英雄刘琨。

“何意百炼钢，化为绕指柔”是刘琨的代表作，刚柔并济，正是刘琨的风格，也恰好是建安风骨要旨所在。如此诗才，只恨生在西晋末年，不能与建安时代的大诗人并世角逐。

那时风头最劲的曹植，像后来的李白一样，在活着时已成传奇。

他是众所周知的天才，风格不算刚健，自有一股仙气。清代文学家王士祯把曹植、李白、苏轼并列，称为“三大仙才”，虽然不在屈、陶、李、杜这诗坛四天王之中，但如果评选诗家五绝，他应该是有力的竞争选手。

曹植才气纵横三万里，一句能当百万诗，除非屈原复生，否则三国之内，根本无人可与他匹敌，更何况是人气连三国诗坛前三都未必争得到的刘桢？

有朋友看了我的诗，甚至认为这里说的曹刘，是曹操和刘桢，毕竟他俩的风格更接近。

另一位朋友不知道我这首诗是论诗的，还以为我是感慨刘琨没能跟曹操、刘备逐鹿中原。

你看，我说的吧，这世间的人，根本不懂诗。

那个时候除了曹氏父子，文学界最著名的当属建安七子，其中诗才最高的是刘桢和王粲，当时很多人其实是把王粲拿出来和曹植并称的。

路有饥妇人，抱子弃草间。
顾闻号泣声，挥涕独不还。
未知身死处，何能两相完？
驱马弃之去，不忍听此言。

——〔东汉〕王粲《七哀诗三首·其一》(节选)

亭亭山上松，瑟瑟谷中风。
风声一何盛，松枝一何劲！
冰霜正惨凄，终岁常端正。
岂不罹凝寒？松柏有本性。

——〔东汉〕刘桢《赠从弟》



王粲的诗，骨力端匀，词句雅正，专业的评论家也挑不出什么毛病，就像科举的范文一样——但中了科举以后，有多少人会去看满分作文？

满分作文不是不好，问题是这些诗文“全是技巧，没有感情”，你看王粲在感慨、在抒情、在痛苦，但仿佛是对着所有人说：“你看我的表情痛苦吗？你看我感慨得很有水平吧？”就像一个演员在表演时恨不得大声告诉所有人：“看我演得好不好？”

这样的诗不能说不好，但是对于大部分人来说，欣赏门槛太高。像元某的诗词，最出名的一句是“问世间，情是何物，直教生死相许？”

这句词没什么复杂的技巧，只是真情实意，就胜过了我的一切技巧。

刘桢的诗也是这样。词句的文采并不出众，但是骨力雄健，仿佛有一股意气藏在其中，要破纸而出。

这样的诗，无疑具有传播的基因和引导情绪的力量。

就像他诗里说的：“岂不罹凝寒，松柏有本性。”这可能就是刘桢的本性。

曹植既能欣赏王粲的才气纵横，又十分喜欢刘桢的绝伦傲骨，要在他们之间分一个高低，曹植怕是要费些脑筋了。

直到那个女人的出现。

孔融有一次写文章给曹操，说周武王把妲己赐给了周公。曹操看了很疑惑，寻思本人阅史无数，怎么没见过这段？于是把孔融找来诚心请教，孔融说：“以今观古，想当然尔。”

曹操脸色一变。

原来孔融讽刺他的儿子曹丕在破城后，把袁绍的儿媳妇纳为了自己的夫人。

在《世说新语》中，甚至有记载，曹操本来是想亲自“关照”一下这位自己好友的儿媳妇的，却被儿子曹丕抢先了一步。

魏甄后惠而有色，先为袁熙妻，甚获宠。曹公之屠邺也，令疾召甄，左右白："五官中郎已将去。"公曰："今年破贼正为奴。"

——《世说新语·惑溺》

本来曹家的事，跟刘桢也没啥关系，只是刘桢得罪谁不好，偏偏得罪了她，断送了自己的仕途。

曹丕请客聚餐，席间叫出了自己的夫人甄氏，众人不敢平视，纷纷低头回避，只有刘桢昂然平视甄氏。

按理，这事最多就是个"无礼"，而且曹丕也没当回事，根本没计较。

神奇的是，这事被人汇报给曹操后，曹操非要把刘桢给办了，还是当事人曹丕极力求情，才罚刘桢去劳改。

刘桢这个举动，让人认可他在诗中展现的那股子傲气，但无论这个故事真相如何，最终倒霉的是作为配角的他。

或许只有在诗的领域里，刘桢才有机会和曹植一起，成为时代的主角。

公元217年，邺城大疫，建安七子中，有四人染疾而死，王粲也死在随军途中。在此之前，孔融已被害，阮瑀也病逝，建安七子，不留一人。

在刘桢短暂的一生中，他几乎没留下什么东西——除了他的诗文。

建安七子之后，曹氏父子的诗文又将“建安风骨”推向了巅峰。

曹家父子是真有诗人基因的。

曹操就不提了，年轻时荒唐事就没少干，却偏有满腹豪情。[①]

曹植呢，有点天才就忘了自己是谁了。

当然，要是我元好问也能有如此大才，我能蹦到天上去。

曹家父子如果没有这个毛病，就不会有建安风骨。这个毛病，看起来是狂病，实际上是一种与世俗礼法相悖的自由主义精神，所以诗坛之风从建安风骨过渡到竹林七贤的“越名教而任自然”，过程是非常自然的。



这个时候，建安风骨压根不是我们现在看到的这样，刘桢的诗，自然也算不上极品。

后来南朝有个大才子，叫钟嵘，他站出来，做了第一代诗坛百晓生，点评历代诗人高下。

跟我写论诗不同，他是真的按照选官的那一套，分了上中下的品级，然后挨个点评归类的。

按照他的点评，曹植、刘桢终于正式并列于上品，曹植以下，刘桢一人独步。

但这个排名，后人很不理解。

因为在他的点评中，陶渊明、曹操这样的文豪居然被他列

① 曹操小时候是纨绔子弟，曾做出劫持婚礼上的新娘子这样的荒唐之举，见于《世说新语·假谲》。

入中品、下品。

元某翻阅典籍，细细想来，其实这个道理也不难理解。

都说建安风骨，三曹领衔，但是曹操的诗，与他本人是割裂的。端看他的诗，跟他的行事风格其实呼应不上。

他说自己“周公吐哺，天下归心”，这可能是王莽之后，周公被黑得最惨的一次。

他说“生民百遗一”，结果几次屠城也没看他写诗自我批评。

文学史上，其他像曹操这样口不对心，试图在诗里给自己加滤镜的，风评可都不太好，换了宋之问之流，好不容易写出来一句流传千古的名句，后人还要给他编故事，把这句诗改到骆宾王名下。①

这么一看，刘桢人文如一，刚健雄直，自然要被钟嵘这个以扬正气为己任的文学评论家看好。

陶渊明则是吃了时代审美的亏。

作为魏晋时代最后一位大诗人，新时代的第一位大诗人，元某眼中来看，他是力开一派的宗师，但是创立的是一个传承隐晦、门人稀少的新流派，不像屈原那样直接当上诗坛盟主，成为诗家丰碑，引领时代潮流。钟嵘想当诗坛主流评论家，自

① “楼观沧海日，门听浙江潮”（《灵隐寺》〔唐〕宋之问），后人称，宋之问写诗时没有灵感，骆宾王当时恰在此处，出言指点；一说此句为骆宾王创作。见于《唐才子传》。

然不把这种小门小派收入上品。

而刘桢本来就是建安风骨的弄潮儿之一，风格又恰好与曹植互补，作为建安风骨的代表人物，不让他和曹植并列，还能找出谁？

其实以七子的诗作来看，王粲、刘桢之外，还有资格提名的是徐干。王粲文辞优美，颇具杜甫气质；刘桢气势横生，神似李白狂态；而徐干却有一股子佛气，平淡如水，一股子“素”味，自然率真，一如王维佛系。

三种不同的诗风，都是建安风骨，也都代表了同时代各自领域的巅峰。所谓的建安风骨，如果用四个字来形容的话，就是“以气驭文”，一切的用词、谋篇、格局，都围绕着这股气在动，官知止而神欲行，几近于道。

只可惜，他们那个时代，有了曹植。

曹植不是某一种流派领域的巅峰，他是当时实际意义上的诗坛巅峰。

俗话说“建安风骨看三曹，三曹巅峰看陈思”，只能说曹植的作品包含了一部分建安风骨，不能说建安风骨有资格代表曹植，因为曹植已经超越了“以气驭文”的境界，或是人生失意，他将自己的一切都糅入了诗文之中，达到了返璞归真的高度，什么以气驭文，曹植根本不在乎，他想怎么来就怎么来。

元某年轻时也不解此理，如今才明白，人的一生是何等漫长？人的经历是何等复杂？青年曹植和壮年曹植，醉酒曹植和清醒曹植，读书曹植和策马曹植，都是不同的曹植。

建安风骨于我们是一个时代的缩影，是一个诗派，对于曹植，只是他作品中的一个阶段而已。

常人写诗时总会倾向自己的本性，比如屈原、陶渊明、刘桢，连李白也如此。

但是曹植不同，他的天才正在于他能把各种不同的自己写出来，仿佛一个拥有三十九种不同人格的精神分裂患者，却都拥有同样高明的文采。

屈原有即景即情之能，陶渊明有身临其境之力，刘桢有直抒胸臆之情，而曹植，有的是那种体验派演员的实力，他能让自己用完全不同的视角和心理去代入不同的角色，令你分不清哪一个他才是真实的他。王粲的诗，像是大声告诉你：“你看，我演得多好？这个镜头，我有三十七种演法，能演出三个层次。”

轮到曹植，等他演完了，你才回过味来，哦，刚才那就是曹植啊？

白马饰金羁，连翩西北驰。借问谁家子，幽并游侠儿。
少小去乡邑，扬声沙漠垂。宿昔秉良弓，楛矢何参差。
控弦破左的，右发摧月支。仰手接飞猱，俯身散马蹄。
狡捷过猴猿，勇剽若豹螭。边城多警急，虏骑数迁移。
羽檄从北来，厉马登高堤。长驱蹈匈奴，左顾凌鲜卑。

弃身锋刃端，性命安可怀？父母且不顾，何言子与妻！

名编壮士籍，不得中顾私。捐躯赴国难，视死忽如归！

——〔三国〕曹植《白马篇》

要捐躯赴国难，视死忽如归的游侠儿是他；要登天做神仙的凡人是他：在出征前还敢醉酒的人[①]是他。

有时你真的没法不怀疑曹植的精神状态。

但他似乎很享受，或者说，不得不享受这种状态。

这就是天才吧，就像刘邦驾驭十万兵便是极限，韩信却能多多益善，无止无休。

曹植如果能尽情施展他积蓄的才情，便如韩信指数十万兵，可以通天彻地，推山覆海。

可惜的是，历史没有如果。

曹植不珍惜自己这份天赋，他爱诗赋，也爱酒，爱聚会，也爱声名，人人都知道他和曹丕争过世子之位，但以曹植的性格来说，他更多是想要实现自己的"人生目标"。只可惜他空有目标，却不知道该如何实现它，听人一劝，头脑一热，傻乎乎地去争夺世子之位。

争就争吧，他又无法暂时放弃自己的爱好，专注在一件事

① 建安二十四年（219年），曹仁为关羽所困，曹操命曹植任南中郎将，行征虏将军，带兵解救曹仁。命令发出后，曹植却喝得酩酊大醉，不能受命，曹操不再重用他。

上。在这一点上，曹丕的表现比他强很多，曹丕爱诗、爱文、爱美人、爱剑术，但是在争夺世子之位这件事上，曹丕足够专注。

曹丕是实打实的野心家，至于曹植，才华过剩，野心全无。

后来他似乎明白了自己的志向所在，但是再也没机会去实现了，因为从曹丕下决心夺位的那一刻起，他们兄弟之间，就再没信任可言。

后世都知道他七步成诗，感动文帝而免死，却不知道，要不是他和曹丕共同的母亲卞夫人阻止，曹植早就被赐死在藩王府之中了。

曹丕机关算尽，却没想到败给天命，开国称帝之后没多久就去世了。他死后，曹植认为自己的机会来了，上书给自己的皇侄——新任皇帝曹叡，请求任职领兵，这篇文章情真意切，不输《陈情表》：

> 若使陛下出不世之诏，效臣锥刀之用，使得西属大将军，当一校之队；若东属大司马，统偏师之任。必乘危蹈险，骋舟奋骊，突刃触锋，为士卒先。虽未能擒权馘亮，庶将虏其雄率，歼其丑类。必效须臾之捷，以灭终身之愧，使名挂史笔，事列朝荣。虽身分蜀境，首悬吴阙，犹生之年也。如微才弗试，没世无闻，徒荣其躯而丰其体，生无益于事，死无损于数，虚荷上位而忝重禄，禽息鸟视，终

于白首，此徒圈牢之养物，非臣之所志也。流闻东军失备，师徒小衄，辍食忘餐，奋袂攘衽，抚剑东顾，而心已驰于吴会矣。

臣昔从先武皇帝，南极赤岸，东临沧海，西望玉门，北出玄塞，伏见所以行军用兵之势，可谓神妙矣。故兵者不可预言，临难而制变者也。志欲自效于明时，立功于圣世。每览史籍，观古忠臣义士，出一朝之命，以殉国家之难，身虽屠裂，而功铭著于景钟，名称垂于竹帛，未尝不拊心而叹息也。臣闻明主使臣，不废有罪。故奔北败军之将用，秦、鲁以成其功；绝缨盗马之臣赦，楚、赵以济其难……

……而臣敢陈闻于陛下者，诚与国分形同气，忧患共之者也。冀以尘雾之微补益山海；荧烛末光增辉日月。是以敢冒其丑而献其忠，必知为朝士所笑。圣主不以人废言，伏惟陛下少垂神听，臣则幸矣。

——〔三国〕曹植《求自试表》（节选）



曹叡虽然不迫害他，却也不打算重用他。曹植心灰意冷，从此不问政事。

曹植年轻时，曾写过一篇《七启》，大意是鼓励隐士出山，不要追求什么求仙问道、避世养生的虚幻世界，但长期迁徙，辗转各封地的曹植，最终也只能借研究儒、道思想消极避世。

他本以为隐居之人，皆是有才却不愿出山之辈，没想过那些愿意出山的人，未必有人愿意给他一个机会。

又或许，他的父亲曹操曾经给过他许多机会，但都被他错过了。

七子死后，曹丕收集几人的作品，写了一封信给在外任职的吴质，文中点评七子，颇见功力。

观古今文人，类不护细行，鲜能以名节自立。而伟长（徐干）独怀文抱质，恬淡寡欲，有箕山之志，可谓彬彬君子者矣。著《中论》二十余篇，成一家之言，词义典雅，足传于后，此子为不朽矣。德琏（应玚）常斐然有述作之意，其才学足以著书，美志不遂，良可痛惜。间者历览诸子之文，对之抆泪，既痛逝者，行自念也。孔璋（陈琳）章表殊健，微为繁富。公干（刘桢，字公干）有逸气，但未遒耳；其五言诗之善者，妙绝时人。元瑜（阮瑀）书记翩翩，致足乐也。仲宣（王粲）独自善于辞赋，惜其体弱，不足起其文，至于所善，古人无以远过也。昔伯牙绝弦于钟期，仲尼覆醢于子路，痛知音之难遇，伤门人之莫逮也。诸子但为未及古人，自一时之隽也，今之存者，已不逮矣。后生可畏，来者难诬，然恐吾与足下不及见也。

——〔三国〕曹丕《与吴质书》（节选）

虽然曹丕自身的创作能力不算太高，但他的文学评论却可谓洞明窍要，只是不知道，在他眼中，自己的弟弟曹植，到底是个什么样的水平。

一直想着怎么评价曹刘二人，直到看到后人给我元好问写诗，说：

倾城夜雨挟春雷，卧读遗山亦快哉。
太行一脉盘奇气，不见重生此霸才。

——杨强《城居杂咏》



我是不是霸才见仁见智，但是如果说曹植、李白是天才，李贺、王勃是鬼才，那么刘桢一定是霸才，即使是群雄逐鹿的建安年间，他也能凭借自己的傲骨霸才，雄霸一方，不弱于人。

# 三、鲍庾——行路难

世上齐名的人，往往有两种，一种是同调型，即两人性格爱好很接近，可以一起切磋琢磨，但需要两人互相欣赏，互相认可对方。一种是互补型，两人的性格截然相反，但恰好是彼此缺失的那一部分，刚好能合上，比如鲍照和庾信。



忘了自我介绍，我叫李贺，盛世大唐的李，开心快乐的贺。

庾信这个人呢，名气很大，所以我们还是先聊聊出生更早、名气更小的鲍照吧。

鲍照出身寒门，所谓寒门，不是穷人。在那个年代，穷人根本读不起书。寒门的意思，是祖上曾经阔过，后来破落了，但多少比寻常人家强，只要等到一个机会，就能重振家声。

他眼中的机会就是临川王。

鲍照头一次拜会，临川王没搭理他。他决定献诗言志。有人对他说："人家是王爷，你只是个普通人，当心献诗不成反被笑。"

鲍照笑了："大丈夫生于天地间，不怕被人嘲笑，只怕才华不显，碌碌无为。”①

他的诗很有味道，他写诗擅长模仿古人的语气和笔法，比如屈原、曹植、刘桢、陶渊明，他都模仿过，其中刘桢和陶渊明学得都很像。

临川王酷爱文学，很欣赏他的诗，提拔他做了侍郎。

但他们仍看不起鲍照。

他们承认他有点才华，也仅此而已。在他们眼里，鲍照跟临川王养的斗鸡、猎犬差不多，没什么本质区别，无非是鸡犬中比较强的那一两个。

在临川王手下，鲍照最重要的工作就是参与编撰《世说新语》。

在这个过程中，他肯定接触到许多史料，我想他越看，就越会觉得人生奇妙。

有的人小时了了，大未必佳；有的人语出惊人，却碌碌无为；有的人表面上是英雄好汉，实际上却满肚子坏水；有的人才华横溢，命比纸薄。

人生不如意，十之有八九。

① 刘义庆组织编撰《世说新语》时曾说："太尉袁淑，文冠当时，义庆在江州，请为卫军咨议参军；其余吴郡陆展、东海何长瑜、鲍照等，并为辞章之美，引为佐史国臣。"见于《南史》。

人生苦多欢乐少，意气敷腴在盛年。

且愿得志数相就，床头恒有沽酒钱。

功名竹帛非我事，存亡贵贱付皇天。

——〔南北朝〕鲍照《拟行路难·其五》（节选）

只是这一刻，鲍照还没想过，这会是他求而不得的一生。

临川王死后的十年里，鲍照先后加入不同的阵营，大多就是混口饭吃。

公元 452 年，南朝大乱，刘骏登基。鲍照加入了刘骏集团，从此由地方转入中央，不再是小小的幕僚。

这十年漂泊，让他通达了许多。他见刘骏喜欢写文章，且性格自负，他就故意把文章写得粗俗无味。别人都说他才思枯竭，可刘骏越来越爱让他来写，然后自己来润色修改。

曾经鲍照写的诗是这样的：

泄水置平地，各自东西南北流。

人生亦有命，安能行叹复坐愁。

酌酒以自宽，举杯歌绝行路难。

心非木石岂无感，吞声踯躅不敢言。

——〔南北朝〕鲍照《拟行路难·其四》

诗中的不敢言，其实已经言明了他对世家门阀的鄙夷。

对案不能食，拔剑击柱长叹息。
丈夫生世会几时，安能蝶躞垂羽翼。
弃置罢官去，还家自休息。
朝出与亲辞，暮还在亲侧。
弄儿床前戏，看妇机中织。
自古圣贤尽贫贱，何况我辈孤且直。

——〔南北朝〕鲍照《拟行路难·其六》



再看看这首，连李白看了都忍不住想仿一首。

这样的行路难，他写了十几首，你们说他得有多难？

也许鲍照的能力的确一般，可在他之上的那些人都是什么货色？好的职场是能力排序，但大多数职场是资历排序，背景排序。

就算是大唐，不也有人因为父亲的名字里有个“晋”字，就不让参加科举考进士吗？[1]

这十年的“修炼”，最终让鲍照成了他曾经讨厌的模样。

他不是那么坚定的人，他动摇过，在离开和沉沦之中纠结过，这也被他写在诗里：

[1] 李贺的父亲叫李晋肃，“晋”与“进”同音，为了避父讳，李贺不得参加“进士”考试。

我以筚门士，负学谢前基。
爱赏好遍越，放纵少矜持。
专求遂性乐，不计缉名期。
欢至独斟酒，忧来辄赋诗。
声交稍希歇，此意更坚滋。
浮生急驰电，物道险弦丝。
深忧寡情谬，进伏两睽时。
愿赐卜身要，得免后贤嗤。

——〔南北朝〕鲍照《答客诗》（节选）



可能我跟他都不曾想过，这个世界有它自己的规则，要么改变它，要么适应它。而少年人头角峥嵘，终究会在世俗中撞得头破血流，在碰头中磨平棱角。圆滑吗？也不过就是一跪一呼之间，讨口饭吃。

刘骏是个看起来很昏庸的皇帝，他好色，酗酒，好赌；他是个不错的皇帝，文武双全，精明过人。

刘骏大力提拔寒门子弟，那些政事上有能力的人的确得到了重用。

可惜刘骏不长命。

刘骏的继承人是个昏君，很快就被杀了，然后刘骏的儿子辈和刘骏的兄弟辈为了争家产打得头破血流。

轮到鲍照做选择了。

他选择了儿子辈。

后来的故事简单很多，兄弟辈赢了，他死了。

你看，他不是从政的料吧。

鲍照其实能代表很大一群人。他们有自己的特长和才能，而且是其中的佼佼者，但工作和技能不对口。他们专注琢磨的事，或许千百年后评价很高，但在当时，却是细枝末节，无人问津。

很久很久以后，我遇到过一个年轻人，他有一句诗，叫“十有九人堪白眼，百无一用是书生”。[①]

看到这句诗的瞬间，才明白什么叫扎心。

鲍照的诗风跨度很大，一方面是像《拟行路难》这种俊逸爽朗的诗风；另一方面，倒像是一个闺中少妇，心思细腻。后世像他这样的，还有一个王昌龄。

肴干酒未阕，金壶启夕沦。

回轩驻轻盖，留酌待情人。

——〔南北朝〕鲍照《玩月城西门廨中诗》(节选)

① 出自〔清〕黄景仁《杂感》。

有时，他甚至还有闲情逸致出几个字谜来玩：

头如刀。尾如钩。
中央横广。四角六抽。
右面负两刃。左边双属牛。

——谜底：龟

这才像一个真实的人，哪有人整天苦大仇深的，那种人前人后都一个样的，是演出来的人设。

鲍照死后没多少年，南宋被南齐取代，紧接着南齐又被南梁取代。南梁开国皇帝叫萧衍，他文武双全，朝中人才济济。

那才是文人的时代。在这个年代，沈约定下了四声，挖通了格律诗的源泉。

李某研究诗也有多年，想来仗着我诗鬼的称号，不说是个天才，至少是个鬼才了，对诗的流变还是有一点心得的：

诗不是一下子变革过来的，它也是从量变到质变的。

起初的四言和楚辞一直流行到曹魏，曹魏以来，五言诗大行其道，有了五言诗，格律的规则才能提上日程。

沈约写的诗一般，但他很想开宗立派，所以他另辟蹊径，打算通过自己当代“诗赋协会会长”的地位和影响力，直接定一个写作规范，把整个创作门槛提上来，让诗慢慢成为文人的专属。

这件事当然不是一代人能完成的，但当时也没谁继承他的事业，因为萧衍亲手终结了这个文学盛世。

萧衍最大的错误，是活得太久。年纪大了以后他昏招频出，一会要出家当和尚，一会要请道士当宰相，他的兴趣爱好过于广泛，年纪又越来越大，走错一步，便引发了侯景之乱。这一乱，南梁数十年积蓄毁于一旦，两位才华横溢的大文人也逃了出去。

这两个人，一个叫庾信，一个叫王褒，庾信写诗更胜一筹。

庾信出身名门，以他的背景和能力，起点比鲍照的终点还要高，如果不出意外，他的终点是不可限量的。

他逃到西梁，投靠梁元帝，被派出使西魏，可他的出国访问还没结束，西梁就没了。

出使别国，刚下马车，母国没了。这一刻，庾信很慌。

但更离谱的事还在后面，西魏很快变成了北周，庾信身为外交使臣，就这么留在了北周，成了北周的大官，虽然他没有实权，但他的官位却做到了骠骑大将军，开府仪同三司。

即使是在南朝，他也未必能做到这个级别。

北周的王公大臣纷纷与他结交，他一个亡国之臣，在北周成了香饽饽，南陈建国后请求北周放还这批文人，其他人都回去了，只有庾信和王褒没有被放回去。

鲍照如果见到这个场景，估计能活活羡慕死。

北周到底看中了庾信什么？

答案很简单，在南朝，文采斐然，淹通史籍不算什么，但在北周，文史类人才是被列入紧缺型人才目录的。庾信学富五车，通晓典章，治理地方深得人心。饱经沧桑的他，写的文章更是当世无双。

更可怕的是他的赋。

在没有词之前，诗赋并称，汉朝是赋的天下，直到大唐，文人们拜谒，还经常写赋。杜甫写《三大礼赋》，李白也写《明堂赋》《大猎赋》，李世民被叫作“二凤”，也是因为他写过一篇《威凤赋》。

庾信的赋，是能媲美汉赋四大宗师[1]，与曹植的千古绝唱《洛神赋》并驾齐驱的，放眼南北朝，也就江淹还有招架之力。

他汇聚毕生功力，博采众家所长而成的《哀江南赋》，可以说是用最富丽的词藻表达出了最细腻的情感。

孙策以天下为三分，众才一旅；项籍用江东之子弟，人惟八千。遂乃分裂山河，宰割天下。岂有百万义师，一朝卷甲，芟夷斩伐，如草木焉！江淮无涯岸之阻，亭壁无藩篱之固。头会箕敛者，合纵缔交；锄耰棘矜者，因利乘便。将非江表王气，终于三百年乎！是知并吞六合，不免

① 汉赋四大家，指司马相如、扬雄、班固、张衡四人。

轵道之灾；混一车书，无救平阳之祸。呜呼！山岳崩颓，既履危亡之运；春秋迭代，必有去故之悲。天意人事，可以凄怆伤心者矣！况复舟楫路穷，星汉非乘槎可上；风飙道阻，蓬莱无可到之期。穷者欲达其言，劳者须歌其事。陆士衡闻而抚掌，是所甘心；张平子见而陋之，固其宜矣。

——〔南北朝〕庾信《哀江南赋·序》（节选）

赋与诗不同，如果用菜打比方的话，赋首先要卖相好，用料也得是高级的，否则即使很好吃也不能称之为赋。

拿到好的材料，考验的就是厨师的功力了，否则食材的味道相互冲突遮掩，就成了大乱炖，浪费了这锅高级食材。

就像以前的一个笑话，说有个文人，提着自己的墨宝去当铺，当铺的朝奉一看，说上好的墨，上好的纸，上好的狼毫，你家里还有这些文具的话，拿来，我高价收。

文人指着自己的画说："我这画，用的可都是这些好东西啊。"

毫无疑问，庾信是顶级的"厨师"，能把赋的精华烹调出来。

只是赋这道菜，做来又难又慢，吃起来也讲究方式方法。说直白点，没点文学造诣，你连他引用的典故有多少个都数不明白，要能不看注释就把这篇赋里的典故全都搞清楚，那至少也得是个古文专业八级起步。

后来杜甫夸他也不敢不提他的赋，说的是“庾信文章老更成”，说的是“庾信生平最萧瑟，暮年诗赋动江关。”

可庾信在北朝名高位尊，有什么萧瑟的？

就这么说吧，谁见过被限制行动自由的大将军开府仪同三司？

庾信可以和王侯作布衣之交，却休想离北周一步。

对于北周来说倒也好理解——紧缺型人才嘛，南朝拿什么宝贝来我也不换。

所以有时我也想问问，大唐之外，还有哪里招这种紧缺型人才吗？我李贺怎么也算有点才华吧？

从人生际遇上来看，庾信和鲍照的“暴雨组合”实在有点不搭。

庾信和鲍照素未谋面，当初和鲍照齐名的，是颜延之和谢灵运。庾信则是南北朝最后一位宗师级的大诗人，曾经跟他齐名的是徐陵。

直到杜甫在夸赞李白时说：“清新庾开府，俊逸鲍参军”，才算是把这两人摆在一块，从此诞生了“暴雨组合”。

于杜甫而言，或许只是为了找出能代表李白诗风的两个人物，毕竟清新倒还好说，谢灵运、谢朓、陶渊明都称得上清新，但俊逸二字，讲究的是要有刘桢、刘琨的硬朗之气，但又不似他俩那样铁骨铮铮，得要一位文武双全，俊朗飘逸的江湖儒侠。

数来数去，也只有鲍照当得“俊朗飘逸”四字之评语。

可杜甫没有想到，或者没有点破，鲍照和庾信的人生轨迹放在一起，是何等讽刺？

鲍照感慨了一辈子，说自己出身寒门行路难，恨自己不是紧缺型人才。

庾信呢，贵族出身，名重一时，流落别国也能官至极品，他是鲍照做梦都不敢想的那种人。

可是庾信也写“行路难”。

楚材称晋用，秦臣即赵冠。
离宫延子产，羁旅接陈完。
寓卫非所寓，安齐独未安。
雪泣悲去鲁，凄然忆相韩。
唯彼穷途恸，知余行路难。

——〔南北朝〕庾信《拟咏怀诗二十七首·其四》

要不说幸福都是相似的，不幸各有不同。鲍照认为自己才华不显，青史无名便是不幸，庾信说楚材晋用，秦臣赵冠，便是不幸。

玉关道路远，金陵信使疏。
独下千行泪，开君万里书。

——〔南北朝〕庾信《寄王琳诗》

对于庾信来说，归国无计方是途穷；可于对鲍照而言，故国之中已无路。

两人泉下相见，述说平生之余，又是何等感慨？

都是行路难，不同的路，便有了不同的难。

李某物伤其类，感慨万千，不能喻之于怀，且作诗一首记之：

桐风惊心壮士苦，衰灯络纬啼寒素。
谁看青简一编书，不遣花虫粉空蠹。
思牵今夜肠应直，雨冷香魂吊书客。
秋坟鬼唱鲍家诗，恨血千年土中碧。

——〔唐〕李贺《秋来》

# 四、沈宋钱郎——星星之火

唐诗的主场永远是他们的，毕竟他们有着璀璨的全明星阵容。

有李白、杜甫、王维三巨头坐镇，有初唐四杰压阵，有四大天王横扫边塞，韩白刘柳纵横中唐，李杜孟贾晚唐称霸，偌大一片唐诗的星空，光芒被他们独占。

但夜深人静，月暗云稀之时，有那么几颗星星，也在努力地放光辉。

我就是这些星星中的一颗。

我叫钱起，是个有名的才子，也有属于我自己的传奇故事。

在大唐，最不缺的，就是诗人的传奇故事，也不缺才子。要在他们之中脱颖而出，或者诗才横溢，与高手正面过招，或者懂“营销”，能整出来一些大新闻，比如陈子昂[①]。

李白最可恶，不仅冠绝诗坛，还有一大堆的“热搜”！



① 陈子昂有“子昂摔琴”的典故，见于明·冯梦龙《子昂摔琴》。

如果诗人也分咖位的话，我们这种小咖只能望其项背，抱团取暖，只有在这种小团队里，我才能成为领袖。我们这个组合，叫做“大历十才子”，你看看，人家的组合要么三个，要么四个，了不起搞一个六逸七子，而我们，出道就是十人成团。

天下哪有十个人一起成名的？

说起来，当时李白、杜甫还没有并称“李杜”。杜甫只比我大十岁，我在科举中成名时，杜甫可没考上官。

在那之后至少三十年的时间里，我的诗名都在杜甫之上，连王维都夸我的诗不错，我甚至偶尔也大胆地想：“我说不定能超过李白和王维呢？”

所以我的咖位到底是怎么跌落的呢？

看看和我搭档的是谁就知道了。他叫郎士元，我不认为他够资格跟我并称，以我的才华，最少也该是和五言长城刘长卿齐名才对。

但我们的诗当时确实很火，但凡从京城外出当官的，得不到我或郎士元的赠别诗，就说明他混得不行。

只是这种日子过久了，也就麻木了。

人人都说我的诗好，可我自己慢慢明白了，整天迎来送往，迷失在别人的奉承里，还能写出什么好东西？

看看我参加科举时的作品吧，那叫如有神助。

善鼓云和瑟，尝闻帝子灵
冯夷空自舞，楚客不堪听。
苦调凄金石，清音入杳冥。
苍梧来怨慕，白芷动芳馨。
流水传潇浦，悲风过洞庭。
曲终人不见，江上数峰青。

——〔唐〕钱起《省试湘灵鼓瑟》

大家都以为这是我在诗坛初露锋芒，回头望，那已是我的巅峰时刻。

后来的作品，不是肉麻的官场互捧，就是空有文辞的华丽文章。

在这些作品中，也偶有几篇佳作：

上国随缘住，来途若梦行。
浮云沧海远，去世法舟轻。
水月通禅寂，鱼龙听梵声。
惟怜一灯影，万里眼中明。

——〔唐〕钱起《送僧归日本》

看了好多遍后，我终于看明白了：原来送别诗也可以不吹捧，原来写情致趣味的诗，也可以不空洞，写诗的秘密只有一个字：真！

想起了那个独自闪耀的刘长卿，看看他的作品吧：

日暮苍山远，天寒白屋贫。
柴门闻犬吠，风雪夜归人。

——〔唐〕刘长卿《逢雪宿芙蓉山主人》

不华丽，不空洞，不肉麻，不做作，他将眼前所见、心中所感寄情笔端，便成为长远流传的佳作。



只恨我半生为功名所误，未能早早看破这一切，回过头再看看太白之诗，摩诘之作，更觉恍如隔世。

后来人们把我和郎士元的组合继续加码，跟初唐的沈宋对比起来，这也是圈子里“抬咖”的常见手法，一般都是把咖位向上一级的头部推。

所谓沈宋，沈是沈佺期，宋是宋之问，在那个时候，他俩能和初唐四杰掰手腕，压陈子昂一头，让文章四友避其锋芒。

沈佺期的地位有多高？整个唐代那么多诗人，能把律诗写好的不到一半，能把七律写得青史留名的，顶多二十个，而有资格竞争七律第一的，只有三位，分别是崔颢、杜甫、沈佺期。

卢家少妇郁金堂，海燕双栖玳瑁梁。
九月寒砧催木叶，十年征戍忆辽阳。

白狼河北音书断，丹凤城南秋夜长。

谁谓含愁独不见，更教明月照流黄。

——〔唐〕沈佺期《古意呈补阙乔知之》

这三人中，沈佺期的知名度最低，这首作品也看不出七律第一的高度。

因为很多人不知道，沈佺期和宋之问，继承了沈约、庾信以来的改革，对格律诗的贡献超过初唐四杰，和文章四友共同奠定了格律诗的体式。像这首《独不见》，除格律公整、对仗精严外，更将闺情写得细腻绵长，结尾还有一股南朝齐梁体的味道。

所谓齐梁体，指的是经过几代南朝诗人的变迁迭代后的诗体，这条脉络十分清楚，从东汉末年三曹七子的建安风骨，转向竹林七贤的竹林之风，然后进一步演变成晋宋齐以来的永明体，然后就是齐梁体，主题也从谈玄说道、山水田园、叙志咏情，渐渐变成了风月、闺情和大自然。

这么看下来，我们才是继承了诗之正统的人，李杜压根不是正派的传承。

后来我才明白，所谓正不正派，不是看你的师承脉络清不清楚，而是看你的作品够不够硬，质量够硬的，就是正宗，就是正派。

沈宋和文章四友的诗虽然不错，为人多少有点被鄙薄。沈佺期更惨，虽然隐隐然有当代诗坛泰斗的地位，却接连两次败给宋之问，最终与宋之问齐名，成为武周一朝的双子星。

传说有一年，武皇举会，群臣赋诗，命上官婉儿点评，上官婉儿手持诗稿，目不交睫，看不中的便直接丢掉，一时间落稿如雪，群臣纷纷去看掉下来的诗稿，只有诗坛新锐宋之问昂然挺胸，名宿老将沈佺期闭目养神。

片刻之后，雪停风息，只有两张稿纸在上官婉儿手中，她犹豫片刻，最终抛下了其中一张，那是沈佺期的，不用问了，夺冠的是宋之问。上官婉儿给出的理由是：沈佺期最后一句写得没什么底气，但是宋之问的气还很足——要知道起承转合，最后一联大部分情况下都很难保持意尽而气足，尤其是临时应制所作：



春豫灵池会，沧波帐殿开。
舟凌石鲸度，槎拂斗牛回。
节晦蓂全落，春迟柳暗催。
象溟看浴景，烧劫辨沉灰。
镐饮周文乐，汾歌汉武才。
不愁明月尽，自有夜珠来。

——〔唐〕宋之问《奉和晦日幸昆明池应制》

又有一次，武则天命人写诗，约定先写出来就能领到一袭锦袍。东方虬有捷才，率先完稿，领走了锦袍，宋之问交稿后，武则天认为宋之问写得好，居然夺了东方虬的锦袍给了宋之问。

宋之问高光时刻不多，将他得意之时尽数告诉各位，我算是给足他面子。剩下很多时候他都是出丑的那一个。他是个有野心的人，知道武皇养面首，他这个名家子弟居然主动上书，想来试试。

你宋之问大好男儿，居然上书求自试这个？

可笑的是，自以为玉树临风，却被武则天一句话给回绝了：也不是看不上你，主要宋卿的口臭我有点受不了。

这件事始见于唐末诗人孟棨的《本事诗·怨愤第四》，后又见于《太平广记》，这些都非官方史料。宋卿是否口臭已不可考证，但宋之问给皇帝献艳诗肯定是没跑了。

他不肯放弃，此路不通，他就换一条呗。

巴结不到武则天，就巴结武则天的面首。神龙政变后，与二张往来密切的宋之问被流放了。

受不了岭南的苦楚，宋之问偷偷溜了回来。归来之际，他写出了自己这一生最好的诗：

岭外音书断，经冬复历春。
近乡情更怯，不敢问来人。

——〔唐〕宋问之《渡汉江》

没有意气风发，没有华丽词藻，“近乡情更怯”，只此一句，便写尽了游子心态。

是的，这诗未必比“不愁明月尽，自有夜珠来”高明，未必比“山雨初含霁，江云欲变霞”有技巧，但自有一片真情，远胜过一切技巧上的华丽高明，故而动人。

可他和曹操有点像，写诗和做人完全是两回事。他溜回来后，为了杀回核心圈子，居然选择出卖收留自己的朋友，致使朋友一家尽数被杀，这让他本就不良的风评更加恶劣，许多稀奇古怪的故事都扣在他的头上。



比如他有个外甥，年纪可能还比他大，叫刘希夷，也是个天才诗人，写了一首《代悲白头翁》，其中有一句“年年岁岁花相似，岁岁年年人不同”，据说宋之问看中了这句诗，听说刘希夷还没拿给别人看，就请他将这句诗让给自己，刘希夷表面答应了，转过身却把诗发表了，宋之问一生气，就指使人把他给杀了。

这个故事版本很多，但《旧唐书》只记载刘希夷为奸人所害，并没有指出凶手，且宋之问诗名远超刘希夷，所以夺诗杀人这事多半不是真的。

这故事看似很离谱，但安在宋之问身上，似乎还不太过分。宋之问的几首代表作的冠名权也被剥夺，比如他写灵隐寺的一首诗，其中有一句“楼观沧海日，门对浙江潮”，文人们不愿意这样的佳句出自宋之问之手，就改成了骆宾王的作品，说是骆宾王起兵造反失败后，躲在灵隐寺当和尚，宋之问来到灵隐寺，写了两句开头，就接不上下句，骆宾王就帮他接了下去。

而那首千古绝句《渡汉江》则有宋之问和李频两人的冠名，至今未能争出来作者是谁。

看看，做人如果没品，写出好作品，别人也是不肯承认你的。

后来我想了想郎士元的代表作，发觉我们俩能和沈宋前后呼应，或许有在格律诗上风格相近的原因。

郎士元真正足以流传千古的作品，是这样一首诗：

溪上遥闻精舍钟，泊舟微径度深松。
青山霁后云犹在，画出东南四五峰。

——〔唐〕郎士元《柏林寺南望》



这是一首技术水平很高的诗，但并不艰深难懂，而能体现他综合水平的，则是这首诗：

数年音信断，不意在长安。
马上相逢久，人中欲认难。
一官今懒道，双鬓竟羞看。
莫问生涯事，只应持钓竿。

——〔唐〕郎士元《长安逢故人》

当初看不上他的诗，如今细看，却觉隽永非凡，别有一股清味，不像是官场中人所作。或者虽是官场中人，却有一股出尘之味，“乱流江渡浅，远色海山微”“河来当塞曲，山远与沙平”“月到上方诸品静，僧持半偈万缘空”，一股子潇洒的味道，的确当得上沈宋之陪，与我平分秋色。我们是唐诗星空中的几颗飞星，偶尔在这夜色中闪耀一瞬。

有一年出门游玩，见江水连天，不禁诗兴大发，念了一句“曲终人不见，江上数峰青”。念完之后，惊为天人。只是我的这一颗诗心，久被名利关锁，今方破尘而出，忆初心，不禁喟然长叹。可惜，我只能到此，再也无力攀登了。

# 五、李杜——狂人笔记

## 君狂我亦狂

有一件事，我一直想吐槽。

不知道为什么，很多人眼中，李白是个狂人，狂得没边了，而我呢，就是个老实人，是个寒酸的老儒。就像明明曹操才爱哭鼻子，但是大家总觉得刘备才是爱哭鬼。

你们可不要搞错了，我，杜甫，活着的时候也是个狂人，死了也是狂鬼。

李白当然狂，但他的狂只占一小部分，如果说我这一百多斤的身体里有五十斤狂的话，他顶多二十斤，剩下的是酒、月、报国热情和傲骨，光他那一身泡在酒里五十年的傲骨，就得八十斤打底。

李白的形象不是特别帅，或者说，他主要看气质。[1]

李白堪称诗人界的“社交悍匪”，跟谁都熟，不止是诗人，

---

① 《李翰林集序》中记载李白外貌："眸子炯然，哆如饿虎，或时束带，风流酝籍。"在《与韩荆州书》中，李白自述："虽长不满七尺，而心雄万夫。"即身高约一米七，外貌威武，目光炯炯，张嘴时如饿虎，穿文人装扮时有文人气。

上至皇帝、贵妃、王侯、大官，下至市井之徒、商贾之人，除了王维，无论三教九流，只要坐下来和他喝两杯，那就是朋友了。

那别人为什么愿意坐他这桌跟他一块喝呢？

才华。

李白向来是以才服人。

贺知章，著名文坛狂人，外号“四明狂客”，看谁都不服，跟李白喝了一顿大酒，直接拿金龟换酒要和他接着喝，还尊称他“谪仙人”。

他的“粉丝”魏颢（也叫魏万）更是不远千里追星，成功得到了白哥的信任，把诗稿交给他整理。

很多诗人都是死了以后才确定会是传奇，李白不同，他活着的时候就已经是传奇了，有这待遇的诗人，唐朝以前加一块不超过一只手。

我跟李白算是忘年交，在那之前，他是我心目中的偶像。

当年见到他，他唤我一声杜二兄弟，各位能想到我当时有多兴奋吗？

我本来准备了一堆问题要问他，比如：

听说您字太白，是因为令堂梦到您是太白金星转世，这事属实吗？

听说您不仅诗才过人，剑法也极高明？

听说您曾学道修仙，有什么感悟吗？

听说您大醉之时，陛下急召作诗，您一挥而就，写下了三首《清平调》？

结果这些问题，全忘了问了，反倒是李白，几次考较我的学问。

那天晚上，我们都喝多了，白哥对我说："杜二，你的诗路和我的不太一样。"

我说："有什么不同？还不都是写诗？"

他哈哈一笑，看着月亮对我说："谢康乐说天下才共一石，曹子建独占八斗，我观康乐此语，是不知后世有我李太白也。我诗如以手指月，月即见矣，意到念生，是纯以数十年所学无中生有，别创一格，如仙山云中，无路可上。尔则不同，字句章节，皆有法度，而能独出心裁，虽目下有琢磨痕迹，若可精进修行，臻于化境，彼时一念诗成，浑然如铸，出手如绳墨规矩，如泰岱黄河，纯正磅礴。尔诗为天下格律之藩篱。"

我听了他这般说，心中悠然神往，后来过了许多年，我终于达到他说的这般境界，只是，举目四顾，天下再无李白。

突然有点后悔，我这一身的狂傲，唯独没有在李白面前展示。

不过我一直好奇的一件事，他还是没有告诉我，我问他："那王摩诘的诗如何？"

李白怔了怔，说："王什么诘？"

"王摩诘，就是王维啊。"

"王摩什么？"

"算了，当我没问过吧，喝酒喝酒。"

我没想到，王维不仅是李白命中的魔劫，也是我命中的魔劫。

那天晚上，我俩从诗词歌赋谈到人生理想，从清风明月谈到生平际遇，不得不说，李白是个“优质偶像”，对他的崇拜，始于才华，深于人品。

李白的生平，我后来用一句诗概括了：

冠盖满京华，斯人独憔悴。

——〔唐〕杜甫《梦李白二首·其二》（节选）



是啊，旁人只知他诗才无敌，名动天下，又怎知他三入三别长安城，四十岁才扬名，是何等孤独？

而那时的我，放浪燕赵英雄地，裘马清狂不知愁，和他年轻时何等相似？

李白的母亲梦到长庚星，我也有七岁就作诗咏凤凰的神童事迹，出门以来，遇到什么高适，岑参，有些才华而已，还达不到我的高度。

归帆拂天姥，中岁贡旧乡。
气劘屈贾垒，目短曹刘墙。
忤下考功第，独辞京尹堂。
放荡齐赵间，裘马颇清狂。

——〔唐〕杜甫《壮游》（节选）

我这种狂，可能有点家族遗传，我的爷爷是文章四友之一，叫杜审言，字必简，可见我太爷爷已经在警告他说话要注意，可他还是一开口就得罪人。

他说论诗赋，屈原和宋玉这两人只配给他打下手，他说论书法，王羲之还得来学他。

别管他说得对不对，就问你他狂不狂？

得罪古人就算了，古人也没法还嘴，可他像是只得罪古人的人吗？

苏味道跟他并列文章四友，有一句“火树银花合，星桥铁锁开”和他的“云霞出海曙，梅柳渡江春”相匹敌，他考判人家后，放话说：“苏味道活不长了。”

旁边人吓一跳，还以为老爷子有算命看相的本事。

但是我爷爷真没这个本事，他解释：“苏味道看了我的判词，还不得羞愧而死？”

别管他说得对不对，就问你他狂不狂？

我爷爷这辈子就坏在这张嘴上，临死了还要对来探望的朋友说：“我是不成了，你们也别难过，我要不死，你们永远没有出头之日啊！”[1]



① 杜审言，字必简，与李峤、崔融、苏味道齐名，称“文章四友”。杜审言晚年病重时，宋之问、武平一等人探病，杜审言说：“甚为造化小儿相苦，尚何言？然吾在，久压公等，今且死，固大慰，但恨不见替人。”见于《新唐书》。

很难说他是为了安慰这些关心他的人。

他这份狂劲，隔代遗传到我身上了。

我父亲虽然官职不大，但也是一州司马，我的童年还算富足，少年也很狂放。我登上泰山后，写的诗是“会当凌绝顶，一览众山小”。

那个时候的我，觉得自己未来的路都是康庄大道。

我那时写的拜谒诗都是这样的：

甫昔少年日，早充观国宾。
读书破万卷，下笔如有神。
赋料扬雄敌，诗看子建亲。
李邕求识面，王翰愿卜邻。
自谓颇挺出，立登要路津。
致君尧舜上，再使风俗淳。

——〔唐〕杜甫《奉赠韦左丞丈二十二韵》（节选）

“读书破万卷，下笔如有神”“致君尧舜上，再使风俗淳”，怎么样，我也很狂傲吧？

年轻的时候恣意挥洒，不知愁滋味，等我想要求功名了，命运要跟我开玩笑了。

### 朱门酒肉臭

李白因为身份问题，不能参加科举，这让他抱憾终身。我倒是可以，却遇上了科举史上前所未有的大笑话——宰相李林甫导演了“野无遗贤”的好戏。那届考生一个都没录取，李林甫还跟皇上报喜，说天下的人才都在您的麾下，民间已经没有贤才了。

这就算了，我复读还不行吗？好不容易靠着献赋进了集贤院待制，结果李林甫又给我使绊子，还是没能得偿所愿。

有位叫钱起的，凭科举时写了句“曲终人不见，江上数峰青”成名了。好是好，但是也没比我强啊。

李白可比我能忍，他刚来长安的时候，没什么门路，快四十岁的人了，沦落到城门口和小混混们耍，说起那会，李白也是心灰意冷，大喊：“大道如青天，我独不得出。”



大道如青天，我独不得出。
羞逐长安社中儿，赤鸡白雉赌梨栗。
弹剑作歌奏苦声，曳裾王门不称情。
淮阴市井笑韩信，汉朝公卿忌贾生。
君不见昔时燕家重郭隗，拥篲折节无嫌猜。
剧辛、乐毅感恩分，输肝剖胆效英才。
昭王白骨萦蔓草，谁人更扫黄金台？
行路难，归去来！

——〔唐〕李白《行路难·其二》

后来机缘巧合，他终于通过玉真公主的关系，得到了面见陛下的机会。他一举成名，学士青莲[①]，从此名扬四海。

同样是有机会见到陛下，孟浩然就失策了，陛下让他念几首自己的作品，他居然念了句“不才明主弃，多病故人疏”。陛下生气啊，我李隆基爱才如命，怎么就弃了你孟浩然了？

李白倒没有得罪陛下，但他当官也得罪了不少人，终于被陛下赐金放还了。我跟他见面，就是他被赐金放还那年。

说起做官，想那王维本来混得不错，可安史之乱后，他被抓做了伪官，本来要论罪的，幸亏他在此期间写过一首《凝碧池》，表明自己“身在曹营心在汉”，才躲过一劫。

这说明什么啊？官路不好走啊！

虽然仕途难行，但在长安蹉跎多年，已经四十多岁的我，现在也别无选择了。一开始朝廷让我当河西尉，这是个什么破官？我不愿去。

后来又给我分配了右卫率府兵曹，这也不是一个能让我达成抱负的职位，可我已经这个年纪了，没资格再拒绝了。

不作河西尉，凄凉为折腰。

老夫怕趋走，率府且逍遥。

① 李白号青莲居士，任翰林院学士，故称“学士青莲”。

耽酒须微禄，狂歌托圣朝。

故山归兴尽，回首向风飙。

——〔唐〕杜甫《官定后戏赠》

我不禁想，李白入翰林院的那天，他是怎样的心情？

回想在长安的十年，“朝扣富儿门，暮随肥马尘。残杯与冷炙，到处潜悲辛。”如此辛苦，才求得这可怜的一官半职。

这年十一月，天冷得异常，我从京城回奉先县的家里探望老婆孩子，一进门就听他们在哭，原来是我的小儿子饿死了。

人到中年，困顿至此，亦无颜面对当年的自己。



朱门酒肉臭，路有冻死骨。

荣枯咫尺异，惆怅难再述。

……

入门闻号咷，幼子饿已卒。

吾宁舍一哀，里巷亦呜咽。

所愧为人父，无食至夭折。

岂知秋禾登，贫窭有仓卒。

——〔唐〕杜甫《自京赴奉先县咏怀五百字》（节选）

原来，这就是开元盛世啊！

## 各自有悲欢

安禄山造反了。

安史之乱爆发后，我也被抓了，但我是个小官，有多小？小到监禁我的看守让我这么个手无缚鸡之力的人也能溜出来。

叛军也不在乎我。

我追随陛下的脚步，陛下见我如此忠心，任命我为左拾遗。

左拾遗虽然品级不高，却是天子近臣，有向皇帝谏言的权利和义务。

我这个脾气做谏官，陛下得亏没气出个好歹。

后来为了救房琯，我据理力争，惹得陛下很不开心，于是被贬。后来长安光复，我去京城报到，大概陛下还在记恨我，又给我派到了华州。

在长安那两个月，我终于有机会和王维比一次，那次的题目很简单，我、岑参、王维一起唱和[①]大臣贾至写的诗，主题是早朝大明宫。

银烛熏天紫陌长，禁城春色晓苍苍。
千条弱柳垂青琐，百啭流莺绕建章。
剑佩声随玉墀步，衣冠身惹御炉香。

① 旧体诗的一种。即一个人先写了一首诗，为“唱”；第二个人依第一个人“唱”的内容，作诗酬答，为“和”。

共沐恩波凤池上，朝朝染翰侍君王。

——〔唐〕贾至《早朝大明宫呈两省僚友》

我和岑参之前就比过，甚至可以说写诗比赛我就没输过——除了这一次。[1]

我写的诗是：

五夜漏声催晓箭，九重春色醉仙桃。
旌旗日暖龙蛇动，宫殿风微燕雀高。
朝罢香烟携满袖，诗成珠玉在挥毫。
欲知世掌丝纶美，池上于今有凤毛。

——〔唐〕杜甫《奉和贾至舍人早朝大明宫》

岑参的诗虽然也不错，但是我这首一出，按传统赛诗的标准，我已经夺冠了。

看看我的对仗，“龙蛇”对“燕雀”，看看这句“诗成珠玉在挥毫”，完全符合我“语不惊人死不休”的标准，甚至连结尾我都比别人多用了一点心思，用典故夸了贾至父子一句，每一

① 公元752年，高适、杜甫、岑参、储光羲同登慈恩寺塔而作诗，岑参以“塔势如涌出，孤高耸天宫”语出惊人，在诸公之上，独杜甫起句不形容其高，而说跨苍天，烈风无时休，中又能模仿俯视视角看全城，结句不入佛家语，全篇灵动自然，足以力压高适、岑参一头。当然，到了他们这个层次，谁高谁低，难以定论，此处只是小说语。

个细节我都处理到了极致，简直就是教科书水平的唱和之作。

可这次参赛的人有王维。

王维写的是：

绛帻鸡人报晓筹，尚衣方进翠云裘。
九天阊阖开宫殿，万国衣冠拜冕旒。
日色才临仙掌动，香烟欲傍衮龙浮。
朝罢须裁五色诏，佩声归到凤池头。

——〔唐〕王维《和贾舍人早朝大明宫之作》



从评审角度看，他居然用了两次“衣”，这是减分项，“衮龙”“冕旒”“翠云裘”，说来说去都是服装，也是减分项。但是，“九天阊阖开宫殿，万国衣冠拜冕旒”一句，使盛唐风气今日重见朝堂。仅论诗才，这首诗算不上惊采绝艳，但是，诗是没有评分标准的，哪怕这首诗有这样或那样的不足，但如此胸襟，如此眼界，让我明白了什么叫“降维打击”，意思就是，老天不肯让李杜无敌天下，特意降下一个王维来打击一下。

后来再想跟他比，也没机会了。

华州的一个小小司户参军，我是看不上了。于是我辗转来到成都，投奔了世交严武。

严武是个值得交的朋友，后来帮我盖了一座草堂。世人都知道有一种友情是“李白和杜甫”，但是更难得的一种友情，是

“杜甫与严武”。

是啊，我的确是个狂人，家里揭不开锅了，我也一样敢辞官，敢流浪。甚至到了我的恩人严武这儿，我也敢拉着他直呼他爸的名字。

我依然作诗，依然困顿。没有人知道我是多么怀念李白，又或者，我怀念的不仅是李白，还有我的青春岁月。

李白这些年过得跌宕起伏，虽然被赐金放还了，可他还是那么高调，名声丝毫不减。他在梁园题了一次诗，就娶到了第三任老婆宗氏。

安史之乱后，急于报国的他遇到了别有用心的永王，我这傻哥哥帮永王写什么《永王东巡歌》，这在日后可都是参与永王谋反的证据啊。

后来，永王起兵平乱被视作图谋造反，李白也沦为阶下囚，幸好朋友多，只判他流放夜郎。第二年春天，他在行至白帝城时赶上天下大赦，还成就了一篇千古名篇——《早发白帝城》。

我本以为还有机会见他一面，却不料，两年之后，李白的死讯就传来了。

### 诗是吾家事

关于李白的死，江湖上流传着许多版本。有说他是在采石矶畔酒后游船，要入水捉月而死的，这个版本很李白；有说他是要前往军中请缨，半途得病，死在李阳冰家中的；最有可能，但又最无趣的，是饮酒过度而死。

有时想想，李白的人和他的诗很像，纯凭一股意气奔腾，看似不循章法，其实自有章法，绝非随手挥就，但要说有章可循吧，旁人又无法琢磨明白。

比如说他劝酒，人家不喝，他要写诗；跟人家喝酒，喝高了要睡觉，他也写诗。

这种主题，这种创作流程，后来通常称之为打油诗，即兴诗，很难写出什么好东西的，但李白可以，他可以写出明明就是顺口溜，却偏偏又很有水平的那种诗。



地白风色寒，雪花大如手。
笑杀陶渊明，不饮杯中酒。
浪抚一张琴，虚栽五株柳。
空负头上巾，吾于尔何有。

——〔唐〕李白《嘲王历阳不肯饮酒》

两人对酌山花开，一杯一杯复一杯。
我醉欲眠卿且去，明朝有意抱琴来。

——〔唐〕李白《山中与幽人对酌》

所谓阳春白雪，下里巴人，能把大俗大雅熔为一炉，让俗人听了不觉深，高人听了不觉浅的，他是头一个。

更难得的是情绪。

李白如果开一个个人唱诗会，很多作品他唱第一句，底下的人就能接下去帮他唱完。

君不见黄河之水天上来……

海客谈瀛洲……

噫吁戏，危乎高哉，蜀道之难难于上青天……

大鹏一日同风起……

我想，不仅因为他善于写不甘沉沦者的呐喊，更因为他能写出真实而深藏的情绪，比如《静夜思》：

床前明月光，疑是地上霜。
举头望明月，低头思故乡。

——〔唐〕李白《静夜思》

情意真挚，熟极而流，把思乡的一瞬间，写得如此自然妥帖，不见一分匠气。

这就是李白。

我的诗就没这么好理解了。

后世不少人连给我的诗作注都搞出了分歧，这也真不能怪他们，说实在的，有些诗我自己回过头看也有点反应不过来。

听说有人把我的一首《登高》拿出来，当作千古七律第一，说实话不敢当，这首诗写得当然好，那是我的真情实感，结合了最高水平的创作技巧，全篇的对仗严丝合缝，眼中所见如在读者目前，诚然是一首好诗，但要说能达到横绝大唐七律，成为压卷之作的，不妨读读我的《咏怀古迹五首》和《秋兴八首》。

夔府孤城落日斜，每依北斗望京华。
听猿实下三声泪，奉使虚随八月槎。
画省香炉违伏枕，山楼粉堞隐悲笳。
请看石上藤萝月，已映洲前芦荻花。

——〔唐〕杜甫《秋兴八首·其二》

纵使卢王操翰墨，劣于汉魏近风骚。
龙文虎脊皆君驭，历块过都见尔曹。

——〔唐〕杜甫《戏为六绝句·其三》

我终于达到了白哥说的，我即为天下格律之藩篱的境界，当然，这道藩篱，困不住那个早已跳出格律外，不在文句中的他。

每个人的一生，只要活得够长，都有那么几年不错的日子，我运气不错，有两次，一次是我的少年时代，裘马清狂。

第二次，就是在草堂这几年。

从我的诗里就能看出来我的快乐。

黄师塔前江水东，春光懒困倚微风。

桃花一簇开无主，可爱深红爱浅红？

——〔唐〕杜甫《江畔独步寻花七绝句·其五》

黄四娘家花满蹊，千朵万朵压枝低。

留连戏蝶时时舞，自在娇莺恰恰啼。

——〔唐〕杜甫《江畔独步寻花七绝句·其六》

我和李白都没想到，千年以后，汪伦、黄四娘、丹丘生的大名，会因为我们而流传下来。

有人说，四十岁前不狂的人，没有志气，四十岁后还狂的人，没有本事，我可能就是个没有本事却很有志气的人。

万里桥西一草堂，百花潭水即沧浪。

风含翠筱娟娟净，雨裛红蕖冉冉香。

厚禄故人书断绝，恒饥稚子色凄凉。

欲填沟壑唯疏放，自笑狂夫老更狂。

——〔唐〕杜甫《狂夫》

自笑狂夫老更狂，这才是真正的我，真正的杜甫。

## 亦狂亦情真

但是，那个“茅屋为秋风所破”的我，那个“亲朋无一字，老病有孤舟”的我，那个在石壕村借宿的我，也是真实的我。

一首诗只是一个侧面，正如李白也会写两小无猜青梅竹马，也会写“相思相见知何日，此时此夜难为情”。

同样的狂，同样的爱国，同样的细腻笔触，却是两种不同的诗风，李白总揽六朝诗中的精华，加以建安风骨的不羁狂放，屈子楚辞的瑰丽多姿，然后站在陈子昂扫荡风雷后的的肩膀上，笑傲诗坛。他人很随意，也热情，写出的诗像月光一样清冷孤傲，超凡脱俗。

我则横跨《诗经》《楚辞》，纵览百家诸子，把诗的文学性与情绪性推到了另一种极致。

自此，诗坛有了四座高峰，屈原是昆仑祖庭，早早将诗推上了抽象感性的巅峰；陶渊明是庐山隐士，让诗找到了一片豁然开朗的桃源风光；李白是海上仙山，望之蔚然绚烂，可望而不可即；我则是东岳泰山，巍然如亘古屹立于此。

喜欢李白的人更多，但诗坛之中，却是我的门人弟子最广，自我以后，说天下诗人出杜门可能夸张了，但是十之七八，能算在我的门下。

只是我的这条路，已经被我走到了尽头，后人虽学我，都自己走出了另外的路，白居易、李商隐、韩愈、李贺、张籍、黄庭坚、陈师道，他们都是其中的佼佼者，都能别出机杼，成为一代宗师，自立一座山峰。

严武对我很好，见我没事做，他把我拉入幕僚之中；我没地方住，他给我安排草堂。我与他很亲密，只是他不能成为我的知己。

这些年里，值得我怀念的故人也越来越少，李白算一个；孟浩然算一个；岑参漂泊半生，也算一个；高适飞黄腾达了，自然不必我去怀念。

这些年，来来去去也见了些故人，每次相见又再见，我都当作永别。



有一年偶遇了卫八，这小子，当年分开的时候还没结婚，这回再见，孩子都能排队打酱油了。

十觞亦不醉，感子故意长。

明日隔山岳，世事两茫茫。

——〔唐〕杜甫《赠卫八处士》（节选）

世事两茫茫啊。

还有一次遇到了李龟年，似乎我每次遇到老朋友，都能写出不错的诗。

于是更想李白了。

和李白在山东一别后，悠悠二十载，当时说后会有期，没曾想却是永别。

李白跟我分别时，写的诗是：

醉别复几日，登临遍池台。
何时石门路，重有金樽开。
秋波落泗水，海色明徂徕。
飞蓬各自远，且尽手中杯。

——〔唐〕李白《鲁郡东石门送杜二甫》



大概诗里真的不能有诗谶[1]，刘希夷是这样，李白也是这样，说“飞蓬各自远，且尽手中杯”，飞蓬一别后，哪里还有相见之时呢？

严武去世后，我离开了成都。

夔州（今重庆奉节一带）都督柏茂林让我代管官田，我也得以住在夔州，有了自己的一亩三分地。就是在这里，我写下了那首《登高》。

风急天高猿啸哀，渚清沙白鸟飞回。
无边落木萧萧下，不尽长江滚滚来。

---

① 诗谶：即在写诗时不经意的预言，一般偏不好的预感。

万里悲秋常作客，百年多病独登台。

艰难苦恨繁霜鬓，潦倒新亭浊酒杯。

——〔唐〕杜甫《登高》

写完之后，我总是感慨：没有李白的诗坛，是何等落寞？

此时此刻，我在天地之中，不过是一只没有去处的沙鸥。

**重与细论文**

没过两年，静极思动的我想要回到老家山东，走到岳阳楼的时候，已经是无家一孤老。因为生活困顿，不仅无力继续北上，反而要掉头南下，南辕北辙之余，还赶上了兵乱和洪水，饿了五天，才吃上一顿饭，只是没想到，我也有了和白哥一样的待遇，后来关于我的传闻中就有一条，说我饿了几天，看到别人送来的酒肉，一口气吃太多，死了！

拜托，我的死再朴实不过了，就是在这条小船上，发病，死了。

如此而已。

不凡的诗人，不必有不凡的死法。

我写实的作品中，以《三吏》《三别》最为人所称道，其实要写这类作品，最难的是真情实感，不亲历，便无以言。

每个人遇上这些事，都会有感触，问题仅仅是：怎么在有限的篇幅里，用文字把关键的，能引发共鸣的地方写出来？

我和李白能站在诗人的巅峰，经历、文采、阅读量、天赋固然不弱，但是最关键的，是善于捕捉生活片段中，一个又一个打动人的细节，然后把它写进诗里。

比如：

两个黄鹂鸣翠柳，一行白鹭上青天。
窗含西岭千秋雪，门泊东吴万里船。

——〔唐〕杜甫《绝句》



所谓唯有真实最动人，其实就是如何从真实中提炼出那一个刹那，一个瞬间，然后将它呈现出来。

既然说到了写诗的技巧，倒是可以顺便分享一二：

比如说要写一首长诗，不仅要抓得住细节，还要有长篇布局的能力，否则写成那种絮絮叨叨的诗，十分文采，也只能显出三分。

拿我的《观公孙大娘弟子舞剑器行》举例：

昔有佳人公孙氏，一舞剑器动四方。
观者如山色沮丧，天地为之久低昂。

耀如羿射九日落，矫如群帝骖龙翔。

来如雷霆收震怒，罢如江海凝清光。

——〔唐〕杜甫《观公孙大娘弟子舞剑器行并序》（节选）

这种排律还算好写，因为有格律束缚，创作上可以借重文采对仗，稍微遮掩些布局的失误。最难写的是古风。

李白写过很多古风，什么《蜀道难》，什么《梦游天姥吟留别》，写得怎么样呢？很好，非常高明。

弃我去者，昨日之日不可留；

乱我心者，今日之日多烦忧。

长风万里送秋雁，对此可以酣高楼。

蓬莱文章建安骨，中间小谢又清发。

俱怀逸兴壮思飞，欲上青天揽明月。

抽刀断水水更流，举杯消愁愁更愁。

人生在世不称意，明朝散发弄扁舟。

——〔唐〕李白《宣州谢朓楼饯别校书叔云》



感受到了吗？那种庖丁解牛般的妥帖畅快，于不可不止处止，于不可不行处行，酣畅淋漓，却又不过分放纵，正如绝世舞者翩翩起舞，举手投足无不让人赏心悦目，分寸拿捏无不恰到好处，增之一分则过，减之一分则缺。

长诗固然难写，短诗却也不易，假如大唐要办诗人大赛，古风诗李白所向无敌，七律诗我自当仁不让，五律诗我与王维、李白三足鼎立，五绝诗则群雄并起，难断高下，唯独这七绝，只有白哥与王昌龄可以一决雌雄。

七绝难在哪里？我们拿李白的一首诗来看看：

故人西辞黄鹤楼，烟花三月下扬州。
孤帆远影碧空尽，唯见长江天际流。

——〔唐〕李白《黄鹤楼送孟浩然之广陵》



别看李白写古风诗总有惊人之语，你看他的七绝五律，写得何等规矩？没有惊人之语，就按照起承转合的规矩一句句娓娓道来，能在短短二十八字内，蕴藏无穷意趣。

你看他第一句第二句，平铺直叙，用字妥帖，中规中矩，但是到第三句，平地飞升，调子忽然升高，起承转三步已经完成，最后这一合，该如何用七个字把起得这么高的调子降下来？李白的答案是让这股气有余不尽，绵绵不绝，于是就有了“唯见长江天际流”。

这就是七绝诗力量和速度相结合的压迫感。

我和李白都精于诗道，要比推陈出新，我们赢，要比规规矩矩写，我们还是赢。

只是，我们懂得这么多的道理，写出这么多的好诗，却都没有过好自己的一生。

回想大唐开国以来，诗坛之中，除虞世南安享富贵，王摩诘退隐江湖，贺知章安然隐退，高适飞黄腾达之外，陈子昂死于非命，宋之问流放被杀，文章四友浮沉宦海，初唐四杰沉沦下僚，王昌龄惨死，孟浩然不遇，上官仪一门被杀，刘长卿屡遭贬谪……若非诗才天忌，何至于此？

后世有人说“国家不幸诗家幸，赋到沧桑句便工”。简直开玩笑，他们根本不懂什么叫盛世风光，想想王维那句“九天阊阖开宫殿，万国衣冠拜冕旒”吧，不是赋到沧桑句便工，而是盛世繁华入梦中。

我是一个狂人，我不怕大起大落，只怕从来没起过，我更怕后世的人提起我，都好像在同情我，在可怜我，仿佛我是一个苦命人，那真不是我，那是一个大家想要的我，想象的我，仿佛我过得苦一些，一切就合理了。

也不知是什么时候，或许是那一天的云很像李白，或许是那一天的风来自山东，我忽然想通了另一件我耿耿于怀的事：我这憋屈、平凡的一生。

我忽然想起宋之问写给杨炯的祭文，开头第一句就是八个掷地有声的大字：“自古皆死，不朽者文。”

是啊，自古皆死，不朽者，文！

我死之后，哪个我是真的我，还重要吗？

有文传道，又何必在乎世人如何想我？

昔年有狂客，号尔谪仙人。
笔落惊风雨，诗成泣鬼神。
声名从此大，汩没一朝伸。
文彩承殊渥，流传必绝伦。

——〔唐〕杜甫《寄李十二白二十韵》（节选）

# 六、白刘——亦敌亦友

我不喜欢白居易。

他的诗是不错，他的胆子也很大，他的朋友有很多，但我就是不喜欢他，因为我是刘禹锡。

在这个时代，齐名的诗人太多了，而且太乱了，比如我和子厚（柳宗元），子厚和韩愈，韩愈和白居易，白居易和元稹，我们五个，大概就是当代诗坛五绝。当然，韦应物应该比元稹强，也能和我与子厚、白居易齐名，只是性子冲淡平和，“粉丝”不如元稹这个花心大萝卜多。

我们六人都是官宦世家，官职虽有起落，但基本上都在同一梯队，因此拿我们凑对讨论，是中唐诗坛的日常。

但是不管怎么凑对，我和白居易，以及元稹和韩愈，是凑不到一起的。

我跟白居易不对付。

白居易跟宪宗集团是一伙的，而我和柳宗元是追随顺宗集团的。顺宗是个好皇帝，他任用王叔文和王伾，提拔我们这些忠君爱国的少壮派，整顿朝政，发起永贞革新[①]。

谁料那些利益集团连起手来，推宪宗陛下上位，还害死了顺宗陛下，将二王整死后，还把我们八个亲信也贬谪到各地担任司马。

说来也巧，我被贬斥之后，白居易这小子恰好进入官场，而且跟我的对头武元衡走得很近。元和十年，我奉命从朗州（今湖南常德一带）司马任上回京，后来又被贬斥，出京没多久，他也被贬为江州司马了。



这事要说起来也可乐，白居易被宪宗赏识，提拔为左拾遗，他高兴啊，觉得自己要为国家分忧，三天两头给皇帝上书提意见就算了，还写诗讽刺朝政，看看他写的这些诗吧，哪个领导能受得了他这么讽刺啊？

宣州太守知不知，一丈毯，千两丝。

地不知寒人要暖，少夺人衣作地衣。

——〔唐〕白居易《红线毯》（节选）

像这样的讽刺诗，他一口气写了几十首，一首一个主题，

---

① 顺宗为太子时，即有变革新政之志。他最宠王伾，且与王叔文尤为志同道合。同时，刘禹锡、柳宗元、程异、凌准、韩泰、韩晔、陈谏、陆质、吕温、李景俭等人，也与二王结实，最终形成一个以“二王刘柳”为核心的革新派，史称“永贞革新”。

流传度还都不错，随便哪首都能成为领导们的黑材料。

巧了，我回京那年，宰相武元衡被刺杀，颇受武元衡赏识的白居易傻乎乎地上书，请求朝廷追拿凶手。这傻小子也不想想，能刺杀宰相的人，皇帝还能想不到是谁？

宪宗直接给他定了个越职言事的罪过，几位早就看他不爽的同僚趁机加码，说白居易的母亲是看花坠井而死，他写诗竟以《看花》和《新井》为题，这分明是不孝。

有时候想想，我大唐的规矩还是很有意思的，你可以讽刺朝政、浪醉任侠，但母亲看花坠井，就不能写看井的诗，父亲名字里带个晋字，就不许考进士。

李贺他是个多好的苗子啊，我们五绝加一块，也没他这么高的天分。可惜他功名无着，壮年而夭。

白居易被贬谪后，我倒也消了点气，但还是讨厌他，尤其是他那种诗。

这就要说到盛唐以来的诗坛格局了。

自南北朝最后一位大宗师庾信死后，宫体诗大行其道，上官仪等人无一不是宫体诗名家，但初唐四杰如一股洪流，大变诗坛之风，陈子昂更是掀起了文艺复兴之风，接过建安风骨，为李白开道。

李白对诗坛的影响是很奇特的，说他影响很大吧，没见几个人能学他那套写法的，说他影响不大吧，天下诗人谁敢说自己没看过李白的诗？

杜甫就更可怕了。

自从元稹和白居易力推杜诗之后，杜诗风行海内，纵横披靡，虽然我活着的时候这股潮流还没有达到巅峰，但是大家都看得出来，杜甫的诗，是真正的诗坛教科书。

怎么说呢，杜甫好像，真的想教会大家怎么写诗。

但我偏偏不喜欢。

我都写诗了，为什么还要循规蹈矩？

白居易和元稹肯定都是杜派传人，而且白居易还搞什么新乐府，写什么白话诗[①]，扬言“文章合为时而著，歌诗合为事而作”。

所以他写出来一首《长恨歌》，把玄宗皇帝和杨贵妃的事写成了真爱，这就是他说的合为事而作？

写诗，干吗要分什么为什么而写？不就是有感而发，直抒胸臆吗？

看看我和柳宗元，想怎么写怎么写，何必想得太多？

诗坛上比较独特的是韩愈。

韩愈是罕见的同时能学李白和杜甫的人，他跟我们不同，白居易学杜得其律，元稹学杜得其情，韩愈学杜得其气。

我学李白则得其豪情，柳宗元学李白得其清幽，韩愈学李白则得其洒脱。



① 这里是指白居易诗风平直浅显。

比如这首，大家看看有李白几成火候？

人皆劝我酒，我若耳不闻。
今日到君家，呼酒持劝君。
为此座上客，及余各能文。
君诗多态度，蔼蔼春空云。
东野动惊俗，天葩吐奇芬。
张籍学古淡，轩鹤避鸡群。
阿买不识字，颇知书八分。
诗成使之写，亦足张吾军。

——〔唐〕韩愈《醉赠张秘书》（节选）



再看这首，得杜甫几成气候？

一封朝奏九重天，夕贬潮州路八千。
欲为圣明除弊事，肯将衰朽惜残年！
云横秦岭家何在？雪拥蓝关马不前。
知汝远来应有意，好收吾骨瘴江边。

——〔唐〕韩愈《左迁至蓝关示侄孙湘》

除此之外，柳宗元和韩愈还精通古文，他俩的古文水准甚至还在诗之上，故此韩愈的诗还有些文章的味道，说他文起八代之衰，绝非谬赞。

韩愈和子厚一起搞古文运动，可以说合情合理，他是真喜欢这种有事说事的人。

当初，韩愈和白居易也不对付，这诗还要从张水部说起。

我们这一辈诗人中，有个社交达人，跟所有人都聊得来，交得上朋友，他就是韩愈。韩愈动不动就赠诗给张十八员外。此人名叫张籍，是个狠人，也是韩愈在国子监教书时的大弟子。

他也学杜诗，但是他得其“灰”。这里说的是物理意义上的灰，传闻他把杜甫的诗烧成灰，每天和着蜂蜜吃下去，认为这样就能学到杜诗的精要。[①]



我严重怀疑，他的眼睛是不是就是这么坏掉的。

但是张籍的确学到了杜诗千锤百炼的风格，有几首诗放在杜甫的诗集里，只怕大家也看不出来。

更难得的是他还打磨出了自己的风格，比如这首：

洛阳城里见秋风，欲作家书意万重。

复恐匆匆说不尽，行人临发又开封。

——〔唐〕张籍《秋思》

后来张籍当上了水部员外郎，韩愈请他去曲江游玩，张籍哪壶不开提哪壶，想把白居易也叫来一块玩。但是白居易跟元

① 这个故事出自明朝冯贽的《云仙杂记》，不属于正史记载。

稹是好朋友，元稹和宰相裴度势如水火，裴度又是韩愈的恩人，这就决定了两人分属不同的阵营。看看这朝局乱的，就这么几个诗人还分了四五个派系。

白居易情商还行，没说不来，就回复说在家有事。

韩愈不服了，送了一首诗去问他：

漠漠轻阴晚自开，青天白日映楼台。

曲江水满花千树，有底忙时不肯来。

——〔唐〕韩愈《同水部张员外籍曲江春游寄白二十二舍人》

白居易回了一首诗：

小园新种红樱树，闲绕花行便当游。

何必更随鞍马队，冲泥蹋雨曲江头。

——〔唐〕白居易《酬韩侍郎张博士雨后游曲江见寄》

还别说，两人这么一问一答，关系破冰了，走动起来了。

后来白居易甚至嫌韩愈不搭理他了，还写诗质问：

近来韩阁老，疏我我心知。

户大嫌甜酒，才高笑小诗。

——〔唐〕白居易《久不见韩侍郎戏题四韵以寄之》（节选）

要不说大唐呢，说话都不能好好说，要写成诗才能聊。

但我没想到，有朝一日，我也会跟白居易用诗聊天。

在那之前，我最好的朋友是柳宗元。

子厚跟我同科出身，比我小一岁，白居易跟我同龄，但是他中科举太晚，二十七岁才考上进士，三十岁才跟元稹一块考上个书判拔萃科，还在慈恩塔下题名，说自己是十七人中最少年。[1]



这倒也不能怪他，所谓三十老明经，五十少进士，他三十岁能中进士，已经是普通人的天花板了，我跟子厚毕竟是天才少年，不能降维打击他一个普通人。

子厚与我同科出身，同朝为官，连阵营也与我一般。被贬官十年后，他回京与我重逢，这十年我们也算本分，子厚又是个老实人，话都不爱说几句，所以这次回京，我们很有可能得到宽恕，安享余生。

但是我写了一首诗，把自己和子厚坑到了底。

那时许多人去玄都观里看花，我触景生情：

① 白居易这首诗已经散佚，只有一句流传："慈恩塔下题名处，十七人中最少年。" 见于《唐摭言》（卷三）。

紫陌红尘拂面来，无人不道看花回。

玄都观里桃千树，尽是刘郎去后栽。

——〔唐〕刘禹锡《玄都观桃花》

不知道的人以为我在写花，知道内情的人，很容易能看出来我在讽刺官场上的麒麟楦[①]。

当时武元衡还活着，二话不说就要把我和子厚再贬出去，这次我被贬到了播州（今贵州遵义一带）。

家人们谁懂啊，在大唐，风险最高的事居然是看花。

早知道我就再憋几个月，等这家伙被刺杀后再发表了。

我没想到的是，子厚居然上书，说播州苦恶，我上有老母，愿意替我去播州。

子厚当时已经在永州（今湖南永州）受了十年罪，我知他体弱，怎能忍心让他替我受罪？

子厚这一举动让他们看到了什么叫人间自有真情在，最终决定把我贬到连州（今广东连州）。

武元衡死后，裴度成功上位，此人心胸宽广，劝皇帝任用子厚，可诏书到柳州（今广西柳州）的时候，子厚已经病逝了。

子厚是四十六岁走的，他的死，一方面怪我拖累，另一方



① 唐朝人称演戏时装假麒麟的驴子叫麒麟楦。比喻虚有其表没有才干的人物。

面也是他体弱性强，琢磨的事都是那些形而上的高智商问题[1]，别看他一心好佛，但他不可能当一个好和尚，因为他太执着了。

千山鸟飞绝，万径人踪灭。
孤舟蓑笠翁，独钓寒江雪。

——〔唐〕柳宗元《江雪》

表面上看这首诗可谓禅意十足，可你仔细一看就会发现，里面写满了执念。

这就是聪明人最容易犯的毛病，固执！

子厚的诗里有很多消极的字眼，比如孤独、灭绝、愁思、惊风、斜侵、割肠……这样的人精神状态怎么能好？身体不好，精神不好，还琢磨费神的问题，身子也彻底垮了。

他说我是个长命相，说我虽然聪明，但是不固执。我的确是个豁达的人，这可能跟我的基因有关，我祖上是匈奴人。说到这里，想起元稹原是鲜卑后裔，这也是大唐一个了不起的地方，无论什么人，都可以在这里发光——除了李贺。

我五十四岁的时候遇到了白居易，那一年，距离我被贬朗



① 柳宗元于哲学领域引入政治学思考，不仅创作了大量的寓言故事，还写了《天论》，阐述自己的哲学思想。

州，已经二十三年了。

我们在扬州相见，说来也巧，我和他同岁，又是同朝为官，年过半百才初次相见。

白居易请我吃饭，我们同年出生，都经历了贬谪，应该是惺惺相惜的，但是我还是不太待见他，只是逢迎客套，直到聊及彼此生平，我心中的一些东西才被触动。

白居易被贬江州司马后，他的新乐府风格一变，那些讽刺诗很少再写了，似乎他已经明白，写诗救不了大唐，不信你看他在这次宴会上给我写的诗：



为我引杯添酒饮，与君把箸击盘歌。
诗称国手徒为尔，命压人头不奈何。
举眼风光长寂寞，满朝官职独蹉跎。
亦知合被才名折，二十三年折太多。

——〔唐〕白居易《醉赠刘二十八使君》

我一直知道白居易的诗很好，知道他初入长安，就凭一句“野火烧不尽，春风吹又生”让诗坛前辈惊叹不已，知道他的讽刺诗深入骨髓，跟我写的“玄都观”一样刺痛了不少人，知道他写《长恨歌》《琵琶行》，但直到这一刻，我才知道他的诗原来这么好，既写我，也写他自己。

遇见高手让我诗兴大发，我练的是“独孤九剑”，遇强则强，我即席回复了他：

巴山楚水凄凉地，二十三年弃置身。
怀旧空吟闻笛赋，到乡翻似烂柯人。
沉舟侧畔千帆过，病树前头万木春。
今日听君歌一曲，暂凭杯酒长精神。

——〔唐〕刘禹锡《酬乐天扬州初逢席上见赠》



就像韩愈和他的破冰一样，两首诗一交错，我跟白居易这场亦敌亦友的交锋就开始了。

有人曾经说过：“世界上有这样一种人，只要他们共存于世，就会相遇，而他们一旦相遇，就会碰撞出最耀眼的火花。”

诗坛正是如此。盛唐有边塞诗四大天王，有诗仙、诗圣、诗佛，有孟浩然、王之涣，他们的每一次碰撞，都是火花四溅的。

而中唐则是大型碰碰车现场，我们六人捉对厮杀，每次相遇都是一场文坛盛事。如果真有机会让我们六人巅峰相会，那恐怕是不弱于盛唐的场景。算上张籍、王建、孟郊、李绅，盛唐之后，我们诗作之量，诗派之大，还在盛唐之上。

而这些碰撞中，以我和白居易这一次碰撞最为激烈。

因为在后来长达十六年的时间里，我与他几乎是你一首我一首这样互相唱和，没有间断。这次相见后的三年里，留存下来的唱和诗便有一百三十八首。

这种唱和看起来是我跟他的较劲，但是彼此都受益颇多，有时他写得更好，有时我写得更棒，写到后来，渐渐也就不分什么胜负，单纯是享受这种切磋考较的快乐了。

白居易在认识我之后不到五年，他最好的朋友元稹就去世了。

至少还有我能和他唱和，也许能让他少一些寂寞。

元稹的生平非常复杂。他幼年家贫，苦学只为功名，后来才名大振，首推杜甫诗，算是杜学门下之号手，他自己写的三首悼亡诗，其中几句几乎可与老杜齐名：

尚想旧情怜婢仆，也曾因梦送钱财。
诚知此恨人人有，贫贱夫妻百事哀。

——〔唐〕元稹《遣悲怀三首·其二》（节选）

曾经沧海难为水，除却巫山不是云。
取次花丛懒回顾，半缘修道半缘君。

——〔唐〕元稹《离思五首·其四》

元稹虽这么说，自己却是个花心大萝卜。他在朝堂之上虽然一度拜相，也算不上什么能臣，写的诗有几句名句，但有些句子实在太欠打磨，比如上面那句“也曾因梦送钱财”，这种炼字水平，与陈子昂倒是差相仿佛。他与白居易相交莫逆，两人关系好到什么程度呢，什么家里屏风写满对方的诗就不说了，就说元和四年，白居易与朋友同游曲江慈恩寺，晚上去朋友家喝酒，酒意正酣时，白居易突然岔开话题，来了句：“微之应该到梁州了。”然后题诗一首：

花时同醉破春愁，醉折花枝作酒筹。
忽忆故人天际去，计程今日到梁州。

——〔唐〕白居易《同李十一醉忆元九》



没几天，有人捎来一封元稹的信。信上说他已到梁州，并随信附诗一首：

梦君同绕曲江头，也向慈恩院院游。
亭吏呼人排去马，忽惊身在古梁州。

——〔唐〕元稹《梁州梦》

巧的是，两人的这两首诗，写在同一天，可谓心有灵犀。

元稹去世后，白居易写了很多诗给他。那年白居易六十九岁，距元稹去世已经过去九年了，在某夜梦到元稹后，白居易提笔创作了《梦微之》：

夜来携手梦同游，晨起盈巾泪莫收。
漳浦老身三度病，咸阳草树八回秋。
君埋泉下泥销骨，我寄人间雪满头。
阿卫韩郎相次去，夜台茫昧得知不。

——〔唐〕白居易《梦微之》

从扬州与白居易分别后，我又见过了李绅，回到了京城。这里景物依旧，物是人非。我再去玄都观一游，连昔日桃花都没有了。



百亩庭中半是苔，桃花净尽菜花开。
种桃道士归何处？前度刘郎今又来。

——〔唐〕刘禹锡《再游玄都观绝句并引》（节选）

这一次写诗，再没有什么权贵政敌有意见了，因为他们都死了。

当年在金陵，我写下“旧时王谢堂前燕，飞入寻常百姓家。”如今看来，却是王谢犹在，燕巢已空。

后来我定居洛阳，和白居易做了邻居，唱和数年。晚年的他生活富足，也不再伤春悲秋，除了写过往，其他的诗已经再难出佳句了——真情实感啊，从来是最难写的。

白居易被贬江州后，为自己的十五卷文集作题记，曾写过这样一首诗：

一篇长恨有风情，十首秦吟近正声。
每被老元偷格律，苦教短李伏歌行。[1]
世间富贵应无分，身后文章合有名。
莫怪气粗言语大，新排十五卷诗成。

——〔唐〕白居易《编集拙诗成一十五卷因题卷末戏赠元九、李二十》[2]



那时的他对自己的诗是多么自信啊，虽然被贬，也消弭不了他的傲气，还不忘特意点出自己的长篇诗。后来唐宣宗亲自为白居易写的悼诗中，重点提的也是他的两首长篇：

缀玉联珠六十年，谁教冥路作诗仙？
浮云不系名居易，造化无为字乐天。
童子解吟长恨曲，胡儿能唱琵琶篇。
文章已满行人耳，一度思卿一怆然。

——〔唐〕唐宣宗李忱《吊白居易》

① 老元指元稹，短李指李绅。
② 元九即为元稹，李二十为李绅。

可见老白这家伙的长篇实在了得，在那时就已经誉满天下了。他的两招绝技，第一是叙事长诗，往往能在诗中加入大量金句，或者在结尾来个“欧·亨利式”的反转；第二是绝句诗，节奏明快，意味隽永。两招绝技相辅相成，成就了他大唐诗仙第二的美名，只是他沉迷诗歌太过，后人不称他诗仙，称他诗魔。

七十岁那年，因为“人间访旧半为鬼”，只有我和他活到了这个年纪，他写了一首诗给我：



且喜同年满七旬，莫嫌衰病莫嫌贫。
已为海内有名客，又占世间长命人。
耳里声闻新将相，眼前失尽故交亲。
尊荣富寿难兼得，闲坐思量最要身。

——〔唐〕白居易《偶吟自慰兼呈梦得》

第二年我去世了，我死后，他也写了首诗哭我：

四海齐名白与刘，百年交分两绸缪。
同贫同病退闲日，一死一生临老头。
杯酒英雄君与操，文章微婉我知丘。
贤豪虽殁精灵在，应共微之地下游。

——〔唐〕白居易《哭刘尚书梦得二首·其一》（节选）

呵，写给我的悼亡诗，还不忘喊我和元稹在阴间共游，我看大可不必。

白居易身后大名在我之上，但以诗而论，他未必在我之上。

中唐五绝共有六人，元稹得最佳人气奖，韩愈和子厚文胜其诗，但也能拿到最佳格律诗奖，白居易能拿最佳长诗奖和最佳讽刺奖，韦应物是五律第一奖，而我，最佳民歌奖和最佳咏史奖志在必得，还要和白居易争一争乐府奖。



我死后别人称我“诗豪”，说我豪迈之语能与太白相抗衡，其实我的诗柔软起来也是无敌的，且看这首《竹枝词》：

杨柳青青江水平，闻郎江上唱歌声。
东边日出西边雨，道是无晴却有晴。

——〔唐〕刘禹锡《竹枝词·其一》

再说我擅长的咏史诗，讲究的是什么？借古讽今就落了下乘，无数咏史都这么写，太同质化了，我写诗，是要吟出历史的厚重感与沧桑感，《乌衣巷》就不说了，且看我这首：

王濬楼船下益州，金陵王气黯然收。
千寻铁锁沉江底，一片降幡出石头。

人世几回伤往事，山形依旧枕寒流。
今逢四海为家日，故垒萧萧芦荻秋。
——〔唐〕刘禹锡《西塞山怀古》

当年我、元稹、韦楚客一起去白居易家聚会，聊起南朝旧事，白居易有心炫技，说就用《西塞山怀古》为题，让大家写几首诗出来，大有杜甫、岑参、王维在一起论道的气势，中唐六绝三人于此，我这“独孤九剑”的招式便压抑不住了，既然要斗，那就我第一个出手呗！于是我略无谦逊，直接举杯斟满，一饮而尽，下笔写成这首《西塞山怀古》，平心而论，这首诗的结尾写得有点缺憾，但面前这几位，怕是难过我这关咯。

白居易自己出题，被我光速破解，于是叹气说："说好的一起下水寻龙，你一下子就拿到龙珠，只剩下几只龙爪给我们，还有什么可抓的？"[①]

这个故事被后人记载，至于真假，各位看客还请自辨。

我想，如果让我有机会给白居易写悼词，我一定要加上这句话调侃调侃他：长安居易，欲胜禹锡，梦得一生，所向无敌。

然而说是敌人，到头来七十年幻梦，终究是友大于敌。自子厚去后，若是世间无白居易，我这人生，又该是何等寂寞？



① 此事载于何光远所著的《鉴诫录》中。

# 七、小李杜——十年一觉扬州梦

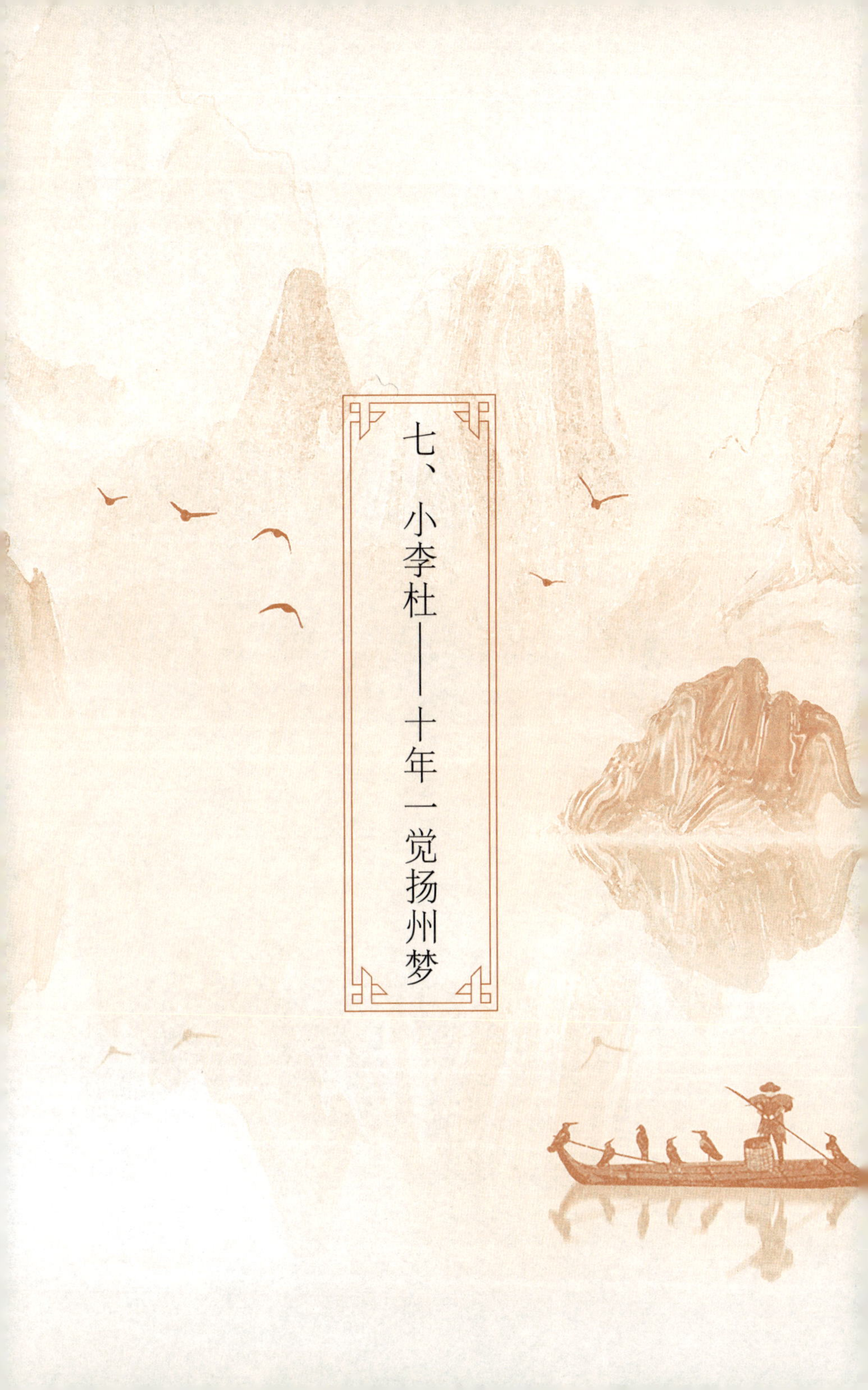

这是最好的时代，我们生于李杜之后。

这是最坏的时代，我们生于李杜之后。

如果没有他们，我和杜牧的组合之前不必加一个“小”字。

可如果没有他们，我和杜牧能写到什么地步？

我年轻时曾经幻想过，假如我能生于李杜之前，把他们写过的诗都给写了，他们会不会很绝望？

后来我懂了，如果我生于李杜之前，他们会无比喜悦，因为他们可以在这个基础上更上一层楼，他们会写出比最好还好的诗。

让我们这些诗人痛苦的，恰恰是没有人能想象到那样的诗会是什么样子。

很久很久以后，在我去世很多年之后，杜牧告诉我，有一个作家，写什么科幻小说的，他写一个外星文明，动用宇宙中所有的能量，想把汉字能组成的所有的诗都写出来，想试试看能不能写出超越李白的作品，但最终的结论是：就算把整个宇宙的能量都用完，也尝试不完所有可能的组合。

我笑了："他至少要先让这台机器有能力识别有意义和无意义的诗，就像下围棋总有定式。"

杜牧却笑着问我："那么，什么样的诗才叫有意义呢？"

我愣住了，毕竟严格来说，我的许多诗，就读不出什么明确的意义。

后人说这是一种朦胧美。

有些人甚至觉得我的名字都有一种朦胧美。

其实我们取名、取号还是很讲究的。李白字太白，是他母亲梦到他是太白金星转世；杜甫字子美，是因为"甫"这个字有至大至美的意思；王维字摩诘，是佛教经典中的维摩诘典故；刘禹锡字梦得，来自《尚书》中"禹锡玄圭，告厥成功"一句，字也与之呼应，出自一部纬书，其中有一句"梦接生禹"，所以叫梦得。而我叫李商隐，所谓商隐，即秦末的商山四皓，四人不忿强秦，隐居商山，天下闻名而赞其大义，所以我的字叫义山——不好意思，铺陈典故的毛病又犯了。

年轻时我的诗写得不算很好，人生路也走得颇坎坷，但我凭着苦学、天赋和一手书法，得到了令狐楚大人的赏识。他待我如子，亲自教我骈文，也就是今体文（与韩愈等人推崇的古体相对），主讲章奏之学。

我学得很快，从那以后，我的作品上了第一层台阶。

我"毕业"时，还专给令狐大人作了一首《谢诗》：

微意何曾有一毫，空携笔砚奉龙韬。

自蒙半夜传衣后，不羡王祥得佩刀。

——〔唐〕李商隐《谢书》

现在回看起来，这首诗的典故用得还是太明显，不够婉转，格律上也做得太稳妥了。格律对于诗的初学者来说，是门槛，是束缚，但对于已经入门的人来说，是一种加分项，有些平平无奇的诗句，只要能把对仗做得很精巧，就可以掩盖其内容上的空洞。

而所谓精妙的对仗，就不是诗能教会的了，得懂得大量的典故乃至洞悉文字的奥秘，才能将其妥帖地用于诗中。

比如老杜这句诗：

酒债寻常行处有，人生七十古来稀。

——〔唐〕杜甫《曲江二首》(节选)

寻常和七十怎么对上的？因为他把“寻常”当作长度单位，恰好可以和“七十”这个数字对上，这种创意，老杜的诗里还有很多。

再看看我这首诗：

海外徒闻更九州，他生未卜此生休。
空闻虎旅传宵柝，无复鸡人报晓筹。
此日六军同驻马，当时七夕笑牵牛。
如何四纪为天子，不及卢家有莫愁。

——〔唐〕李商隐《马嵬·其二》

以“虎旅”对“鸡人”，以“六军”对“七夕”，巧妙之处，不可言说。



当然，也有反过来，为了格律，生造出一个故事的。比如有个人写诗投谒权贵，其中有一句：“舍弟江南殁，家兄塞北亡。”

大人看了潸然泪下，问他：“怎么兄弟死在这么远的地方？”

他说：“其实没有死，为了押韵和对仗编的。”

大人笑了，说：“那为什么不写爱妾眠僧舍，娇妻宿道床，还可保全兄弟。”

要说格律的精妙，那是三天三夜也说不完的，但是我写了几年的格律诗，始终觉得差了一点东西。

当然，差的不是格律，大唐诗人之中，格律法度把握得最好的，是老杜，我身居第二梯队，这种说法不算过谦。

不过，命运很快就让我知道，我欠缺的是什么。

当时的大唐，有所谓“牛李党争”，于我如父如师的令狐大人属于牛党，后来看中了我，把女儿嫁给我的岳父大人王茂元则属于李党。

如此一来，李党看不起我，牛党认为我背叛了他们，本该平步青云的我，突然跌落云端，摔入泥泞之中。

我的吏部考试首次失利，第二次通过后，本来该做秘书省校书郎，结果被改调成弘农县尉，县尉是一县之二把手，虽然只是个小官，但在一县老百姓眼中也很大了，可对于我来说，这就是个小官。就像白居易、刘禹锡、柳宗元他们被贬到地方当司马，对于他们来说，那就是人生最落魄的时刻了。

我能考上进士，是靠令狐父子帮忙，而此时令狐楚大人已经去世，他儿子令狐绹本来与我关系很好，可因为我娶了王茂元的女儿，几乎与我决裂。所以我当弘农县尉的这几年，几乎人人都能欺负我，毕竟他们的背后都有人，我只有一个失势的岳父。

后来李党领袖李德裕执掌相权，我却赶上了母亲去世，丁忧三年后，李德裕集团失势，新来的陛下是酷爱白居易的唐宣宗，他不喜欢李德裕，整个李党都被排斥了。

那以后我也明白了，仕途于我再无出路。没学过职业生涯规划的我，此刻是病急乱投医，选择成为李党头面人物的幕僚，远赴千里之外的桂林。但很快我的老板又被贬职了，我也彻底失业了。

沉沦下僚的我，给令狐绹写信，请他念在旧情，帮一帮我，回答我的是沉默。

我的经历和我的诗给人的印象是不同的——似乎大家从诗中看到的我，是一个消极避世的人，那可能只是因为大家喜欢看的是我那些绮丽梦幻的诗，如果读过我的诗集，就知道我志颇大。

本以高难饱，徒劳恨费声。
五更疏欲断，一树碧无情。
薄宦梗犹泛，故园芜已平。
烦君最相警，我亦举家清。

——〔唐〕李商隐《蝉》



这句“我亦举家清”，深意暗藏，婉转讽刺，又有一种怀才不遇之情，回想我当时的心绪，不是没有归去之意，但是，哪怕是流星划过，好歹也让我闪耀那么一霎。

所幸那时的我，还有一位爱我的夫人。

虽然是节度使的女儿，但她不是养尊处优的大小姐，而是能为我操持一家之事的女主人。只是我一生浪迹坎坷，与她聚少离多，在我去梓州（今四川绵阳三台一带）的柳仲郢手下当参军的时候，她去世了。

她去世前，我还傻乎乎地写诗寄给她：

君问归期未有期，巴山夜雨涨秋池。
何当共剪西窗烛，却话巴山夜雨时。

——〔唐〕李商隐《夜雨寄北》

这可能是我最出名的一首诗，但是从格律的角度来说，叠用巴山夜雨是一忌，诗中不见半点典故，也不是我平日的作风，但是，它的确是我的代表作，因为它融入的真情实感，就是我一直以来缺的那点儿东西。

大家或许不理解，真情实感，为什么这么难得？因为真情实感不是流水账，不是说有就有，而是要抓住情感中最细腻关键的那一点，然后放大它，让读者一下子体会到其中的细节。就像绘画，包括后来的电影，要在漫长的故事和细节中抓出那一个动人的瞬间，这恰恰是最考验作者的。

杜甫抓到了国破家亡的悲壮，抓到了石壕村的心酸，还抓到了浣花溪畔难得的温情与快乐。李白抓到了纵酒赋诗的快乐，抓到了怀才不遇的苦闷，还抓到了得意须尽欢的肆意豪情，这是他们的作品能流传千古而不灭，始终引起人们共鸣的关键。

当然，这也需要他们有过人的文采，要在大唐诗坛留下点墨，多少要有一两手过硬的绝活，我的绝活有三样。

一个是七律无敌当世。

孟郊、贾岛、姚合，什么诗囚诗奴[①]，刻苦琢磨炼字，分

① 孟郊诗多苦寒瘦硬语，贾岛一生穷愁苦吟，后人称二人“郊寒岛瘦”，诗号也就分别是“诗囚”与“诗奴”，可以说二人试图驾驭诗，而却在无意间为诗所困，做了诗的囚徒与奴隶。

明是走到了死胡同里。写诗当然要炼字，但炼字，或是炼到不着痕迹，浑然天成如李白；或是炼得精妙绝伦，独步天下如杜甫，但千万不要卡在二者之间，在诗这件事上，没有中庸可言。比如我这首诗，就是明着告诉大家我学杜甫了，但是大家都只能拍手叫好：

人生何处不离群？世路干戈惜暂分。
雪岭未归天外使，松州犹驻殿前军。
座中醉客延醒客，江上晴云杂雨云。
美酒成都堪送老，当垆仍是卓文君。

——〔唐〕李商隐《杜工部蜀中离席》



我第二个绝活是咏史，同样擅长咏史的是刘禹锡，他的咏史诗跨古追今，深沉壮阔有余，见解精微不足，我的咏史诗则深入浅出，直扣要义，连讽刺也比白居易不遑多让：

紫泉宫殿锁烟霞，欲取芜城作帝家。
玉玺不缘归日角，锦帆应是到天涯。
于今腐草无萤火，终古垂杨有暮鸦。
地下若逢陈后主，岂宜重问后庭花？

——〔唐〕李商隐《隋宫》

刘禹锡着眼于大，如波澜史诗，我则着眼于小，如片刻特写，而且立意于一个“讽”字。因此我的咏史诗，便成了讽刺诗，便有了以史为鉴，借古讽今的味道。

凭这两样本事，我已独步格律诗的厅堂，说一句得老杜三昧，也不算过谦，但是那样也只不过是学老杜，要独步诗坛，我自然也有独门秘籍，且看《无题》系列。

这些诗，有的是流传时失了题目，有的甚至根本没有题目，后者更多些。这些无题诗，大多是我偶然为之，有时连我自己也会忘了为什么而写：



昨夜星辰昨夜风，画楼西畔桂堂东。
身无彩凤双飞翼，心有灵犀一点通。
隔座送钩春酒暖，分曹射覆蜡灯红。
嗟余听鼓应官去，走马兰台类转蓬。

——〔唐〕李商隐《无题二首·其一》

来是空言去绝踪，月斜楼上五更钟。
梦为远别啼难唤，书被催成墨未浓。
蜡照半笼金翡翠，麝熏微度绣芙蓉。
刘郎已恨蓬山远，更隔蓬山一万重。

——〔唐〕李商隐《无题四首·其一》

这些诗怎么解读，似乎都可以，这样也就成了后世解读我诗的学者的噩梦，他们像分析红楼梦那样一字一句拆解我的诗，试图找到其中的密码。

后世有位元好问，看了我的诗后，也想不通，就吐槽说：“诗家总爱西昆好，独恨无人作郑笺。”

“西昆”是北宋时一群学我诗风的人写的诗集《西昆酬唱集》，这群人自诩他们的诗如西昆仑山中的宝玉，“郑笺”说的是三国时的郑玄为儒家经书作注，从而终结了各代胡乱解读儒家经书的现象。



对不起，我这个毛病比较重，看到典故就想解释两句，我自己的诗里也大量用典，后世有人评价我是“獭祭鱼”，意思是说我像水獭那样把鱼陈列出来炫耀。

事实上，我的无题诗的确没有主旨，它跟我的咏史诗一样，就是某时某刻的一个特写，只不过我的咏史诗写的是一个确定的片段，而我的无题诗写的是一种不确定的情绪。

这种写法非常抽象，我试图用具象的典故、字句去将它描摹出来，就像日出海上、云出岫间、花落庭前、雨打青苔，视之可见而不可言，听之可闻而不可说。

从这个角度来说，我或许写得不算成功，因为我只是写出了文采，写出了唯美的感觉，却没让每个人都能从中感受到我写的那种情绪——也有那么一首成功的，只是它的名字不叫无题：

锦瑟无端五十弦，一弦一柱思华年。

庄生晓梦迷蝴蝶，望帝春心托杜鹃。

沧海月明珠有泪，蓝田日暖玉生烟。

此情可待成追忆，只是当时已惘然。

——〔唐〕李商隐《锦瑟》

纵是世间最愚钝的人，也能模模糊糊感受到这其中的感情。

按理说，我能练到这个地步，怎么说也是当世无敌了，偏偏，这个时代还有杜牧。

虽然我姓李，可我的作品和人生，却和杜甫很像。

杜牧跟杜甫是亲戚，结果他的诗更像李白。[①]

杜牧的爷爷是淮南节度使杜佑，刘禹锡在他爷爷手下当过幕僚。杜牧的性格很像李白，爱喝酒，爱武艺，二十三岁时就写出一篇惊天地、泣鬼神的《阿房宫赋》。以他写赋的水平，要把格律诗写好想来不难，但他似乎并不追求格律的精巧，也不执着于典故的运用，在他手上，诗就像是一种工具，可以用来表达他的一切想法：



① 杜牧与杜甫的祖上都是西晋的杜预，而杜甫所在一脉在山东，杜牧所在一脉一直在京兆，唐时号称"城南韦杜，去天五尺"，家族中出现过不少宰相。

烟笼寒水月笼沙，夜泊秦淮近酒家。

商女不知亡国恨，隔江犹唱后庭花。

——〔唐〕杜牧《泊秦淮》

这样写诗的人，会有一种奇妙的用词习惯，比如会频繁地用一些字眼，陈子昂如此，李白如此，杜牧也如此，他最爱用的是“烟”，“多少楼台烟雨中”“参差烟树五湖东”，后人还给他起了个外号叫“杜三烟”。



他也爱咏史，毕竟是写得出《阿房宫赋》的人，写起咏史诗来也是得心应手：

长安回望绣成堆，山顶千门次第开。

一骑红尘妃子笑，无人知是荔枝来。

——〔唐〕杜牧《过华清宫绝句三首·其一》

折戟沉沙铁未销，自将磨洗认前朝。

东风不与周郎便，铜雀春深锁二乔。

——〔唐〕杜牧《赤壁》

看出来了吗？杜牧的咏史诗，讽刺是一方面，更难得的是他往往着眼一个意想不到的角度展开议论，比如假设项羽过江，假设东风不来赤壁，一方面是他脑回路清奇，另一方面，哲学思辨的思维很重要。

比如商山四皓，这四位曾经出山帮助汉惠帝刘盈，让汉高祖刘邦不能废他太子之位，但汉惠帝暗弱，无力把持朝政，即位后实际由吕后掌权，直到周勃等人率军袒袖灭吕，才扶正了汉室江山。商山四皓“好心办错事”，杜牧就抓到了这个细节：

吕氏强梁嗣子柔，我于天性岂恩仇。

南军不袒左边袖，四老安刘是灭刘。

——〔唐〕杜牧《题商山四皓庙》



唉，这该死的历史大循环，让他有了写不尽的话题。

但他不是个不断重复自己的人，他不爱雕琢格律，倒是跟李白一样精擅七绝，而且写得很见功力，因此我作为晚辈，给他写诗时也特意谦逊了几句：

杜牧司勋字牧之，清秋一首杜秋诗。

前身应是梁江总，名总还曾字总持。

心铁已从干镆利，鬓丝休叹雪霜垂。

汉江远吊西江水，羊祜韦丹尽有碑。

——〔唐〕李商隐《赠司勋杜十三员外》

这一首七律写得其实很无趣，尤其是玩了上下对应的文字游戏，但这或许也是因为我心中还是有些嫉妒他的。虽然后人叫我们小李杜，但是我跟他，并不像李白和杜甫那样交好。

杜牧对爱情也比较随意，风流之名传遍天下，当年他在湖州游玩，看中了一位少女，但少女年纪太小，他就提前下了聘约，说自己十年内必来湖州做郡守，没想到一蹉跎就过了快二十年，等他好不容易当上了湖州刺史，那姑娘已经嫁人。杜牧知道后，还写了一首诗感慨：



自恨寻芳到已迟，往年曾见未开时。
如今风摆花狼籍，绿叶成阴子满枝。

——〔唐〕杜牧《叹花》

这也让杜牧的形象两极分化了。

一方面他是关系户，考科举靠的是关系，虽然他实力够，但大唐也不缺实力够中举的才子。他被贬到黄州（今湖北黄冈）也能安然回来，还可以随意谋求自己想要的官职。

但是另一方面，他在黄州很清廉，也很刚直，大有忠臣良宰的风度气质，他笔下也是各种为国为民的作品，对国家大事的见解十分独到。

还是那句话，这两种杜牧，都是杜牧，也都不是杜牧。

幸好，我们也只是从诗的角度来看彼此。

当时已是晚唐，白居易和刘禹锡已老；以一首《过高轩》技惊四座的天才少年李贺英年早逝；韩愈的弟子孟郊，小友贾岛，苦吟愁作，丝毫不见诗之乐趣，虽然闻名一时，却已是走火入魔；许浑虽写出了“溪云初起日沉阁，山雨欲来风满楼”的名句，但论风姿不如杜牧清越，论格律不如我妥帖。像李益、李华、李颀、姚合、高蟾、郑谷这些人，虽然各自都有些不错的作品，但要论起晚唐诗坛，只能是我和杜牧的天下了。

能对我们形成一点威胁的人，大概有三个，头两个还是一对组合，也是初代词坛霸主：温庭筠和韦庄。温庭筠绰号温八叉，字飞卿，他跟杜牧一样喜欢烟柳之地，但是杜牧有背景，照样可以考科举，温庭筠却屡试不第。后来他干脆放飞自我，专门做科举枪手帮人作弊，还公然在考官眼下作弊，据说他一叉手就可以写成一联诗，八次即可交卷，因此考场上叫他温八叉。

说来有趣，我、温庭筠、他的发小段成式都在同辈中排第三十六，又都擅长骈文，人生际遇又颇相近，因此我们的骈文被合称“三十六体”。

温庭筠的诗不错，但也只能说还好，最出名的一句诗不过是“鸡声茅店月，人迹板桥霜”，了不起的是他的词——如果要在诗坛搞一个点将录，温庭筠未必能进三十六天罡；但是如果要给词坛搞一个点将录，温庭筠不是前三把交椅，也得是五虎将，否则这个排名就不公平。

于私，我与他相识日久，知道他的文采不在我之下，只是大多用在了词上；于公，五代时编成的《花间集》首先列入了他的作品，让他成为“花间词派”的祖师爷，堪称词家之祖，往上追溯的话，诗家上一位祖师还得到屈原。

千万恨，恨极在天涯。山月不知心里事，水风空落眼前花，摇曳碧云斜。

——〔唐〕温庭筠《梦江南·千万恨》

看这个时代的词，不可按后来看北宋中后期乃至南宋时的词去看，因为此时的词，乃是“诗余”，是典型的不便写入诗中的一些话借词表达，这也标志着诗和词的起点不同，其实诗以前也可以写这些，王昌龄这种边塞诗大佬一样会写闺愁艳体，但是随着我大唐诗风的进取变革，闺情的写法慢慢变成这样的：

故国三千里，深宫二十年。
一声何满子，双泪落君前。

——〔唐〕张祜《宫词》

闺怨诗需要露，但写得又不那么露，这些诗是诗人们一厢情愿的炫技，炽烈的情感还需要更直白的表达，而词这种“流行歌曲”恰好可以承接这种需求。

温庭筠运气比较差，科举无缘进士，半生流连花场，但人生不幸词家幸，温庭筠将大部分的时间和才华留给了词的创作。

而与他齐名的晚唐词人，说是晚唐，其实可以算是五代的词人韦庄。

和温庭筠一样，韦庄祖上也有当过宰相的大官。他是花间派的二把手，不仅填词是一绝，一首长诗《秦妇吟》也成为整个大唐唯一一首入选“乐府三绝”的作品。与温庭筠不同的是，他虽然也有过流离失所、年少孤贫的日子，但是他最终在五代时当上了前蜀宰相。

所以他的词写出了一股子情场风流的味道：

人人尽说江南好，游人只合江南老。春水碧于天，画船听雨眠。

垆边人似月，皓腕凝双雪。未老莫还乡，还乡须断肠。

——〔唐〕韦庄《菩萨蛮·人人说尽江南好》

如今却忆江南乐，当时年少春衫薄。骑马倚斜桥，满楼红袖招。

翠屏金屈曲，醉入花丛宿。此度见花枝，白头誓不归。

——〔唐〕韦庄《菩萨蛮·如今却忆江南乐》

劝君今夜须沉醉，尊前莫话明朝事。珍重主人心，酒深情亦深。

须愁春漏短，莫诉金杯满。遇酒且呵呵，人生能几何。

——〔唐〕韦庄《菩萨蛮·劝君今夜需沉醉》

后来经常能看到后宫宫斗戏，选温庭筠的词来描摹女性角色，而杜牧告诉我，武侠小说里，比如古龙的小说里就经常看到“骑马倚斜桥，满楼红袖招”这类句子，来塑造男性流连欢场的风流浪子形象。

我只能劝他：“什么都看，只会害了你。”

但这的确代表了两位花间派祖师之间的差别。

不过从诗的角度上看，韦庄不愧是韦苏州（韦应物）的子孙，七绝很好地继承了韦应物的水准，甚至能上接盛唐气象：



扶桑已在渺茫中，家在扶桑东更东。

此去与师谁共到，一船明月一帆风。

——〔唐〕韦庄《送日本国僧敬龙归》

就这诗，就算是李白写给孟浩然、王昌龄，乃至阿倍仲麻吕的，也不过如此：

日本晁卿辞帝都，征帆一片绕蓬壶。

明月不归沉碧海，白云愁色满苍梧。

——〔唐〕李白《哭晁卿衡》

但是他俩的诗的影响力，最终都不如词，而另一位颇具影响力的，是罗隐。

罗隐外号“罗杠杠”，晚唐著名“杠精”，抬杠水平出神入化，又叫“罗挂挂”，考了十多次科举，就是不中。他本名叫罗横，硬是被社会教育到改名罗隐，隐居到九华山上去了。九华山地处安徽，靠近吴越，他就投奔了吴越王钱镠，这时候他都四十多岁了，才算入仕。

既然生在了晚唐，不写点讽刺诗怎么也说不过去，罗隐的讽刺诗跟我和杜牧很像，也喜欢借古讽今，也喜欢找一个论点抬杠：

家国兴亡自有时，吴人何苦怨西施。
西施若解倾吴国，越国亡来又是谁。

——〔唐〕罗隐《西施》

尽道丰年瑞，丰年事若何。
长安有贫者，为瑞不宜多。

——〔唐〕罗隐《雪》

要知道，五言绝句最怕议论，因为篇幅极短，难以说清观点，但罗隐偏要挑战极限，用二十个字，提出一个极具争议的话题：都说冬雪来年瑞，但是有谁能熬得到来年呢？

罗隐跟温庭筠有一点倒是一样，长得不好看，加之嘴上不饶人，这可能也是屡试不第的原因之一。

那一年在钟陵（今江西进贤），他遇到当年见过的名妓云英，云英笑话他怎么还是白衣（没有功名），他写诗自嘲就算了，还非要拉上云英一起：

钟陵醉别十余春，重见云英掌上身。
我未成名君未嫁，可能俱是不如人。

——〔唐〕罗隐《赠妓云英》

大唐最不缺嘴上不饶人的诗人，比如孟郊，科举不中，直接写诗开骂：

恶诗皆得官，好诗空抱山。
抱山冷殑殑（音擎，寒貌），终日悲颜颜。
好诗更相嫉，剑戟生牙关。
前贤死已久，犹在咀嚼间。
以我残杪身，清峭养高闲。
求闲未得闲，众诮瞋虤虤[①]。

——〔唐〕孟郊《懊恼》

① 同殑。

看这标题，内容，再想想孟郊考中后春风得意马蹄疾的样子，可能这就是应试教育对人的摧残吧。

而当时的唐朝，大人们更喜欢的是这种讽刺诗：

天上碧桃和露种，日边红杏倚云栽。
芙蓉生在秋江上，不向东风怨未开。

——〔唐〕高蟾《下第后上永崇高侍郎》

高蟾的意思是：那些有权有势有关系的，能中举很正常，我一个秋天的芙蓉，怎么能说春风不来吹我呢。

这种看到世道不公，却不当面讽刺，反而自伤自嘲，又在无形中加深了讽刺效果的诗，比孟郊、罗隐那种直接骂的更受欢迎，所以高蟾第二年就考中了。

当然，老百姓既不喜欢高蟾的讽刺诗，也不太欣赏罗隐的讽刺诗，而是喜欢黄巢的诗：

待到秋来九月八，我花开后百花杀。
冲天香阵透长安，满城尽带黄金甲。

——〔唐〕黄巢《不第后赋菊》

事实上，权贵们任意操纵龙门的结果，也的确就是黄巢说的这样，韦庄《秦妇吟》中就描述了黄巢之乱后的长安，一句

“内库烧为锦绣灰，天街踏尽公卿骨”，还被后来的当权者忌讳，认为他哪壶不开提哪壶。

晚唐时的诗人捉对成组的很多，除我们“小李杜”之外，只有孟郊和贾岛、温庭筠和韦庄、皮日休和陆龟蒙这三对颇有名气，罗隐则是其中罕见的独立成名的人物，除了诗写得好之外，还有一个原因是他关心政事，写出了《谗书》和《两同书》这两部著作。

晚唐不少诗人隐居避世，但我们的心中，是装有天下的，只是天下未必容得下我们。



而且很多人不理解，以为我们只是渴望功名，这也能用一首我的诗来回应：

迢递高城百尺楼，绿杨枝外尽汀洲。
贾生年少虚垂泪，王粲春来更远游。
永忆江湖归白发，欲回天地入扁舟。
不知腐鼠成滋味，猜意鹓雏竟未休。

——〔唐〕李商隐《安定城楼》

# 八、欧梅——无关风月

自古诗坛不唯盛世能出大诗人，但唯盛世才能出大师团，如初唐有四杰、四友、沈宋、王陈[①]。盛唐不必赘述，中唐六绝各有门派，引发了诗坛的数次巅峰之战。中唐以后，世道衰微，诗坛也不复兴旺，直到……现在！

我叫范仲淹，我身处诗坛盛世，我在世的时候，还没有出现超一流的诗人，但出现了两位统治级水准的大宗师：欧阳修和梅尧臣。

当时天下诗词领域的格局，大概可以称之为两绝顶四天王。两绝顶就是欧梅二位，四天王则各有流派。

“流行天王”是柳永，十九岁出道即创造了划时代的作品。从十九岁到四十九岁，柳永称霸流行乐坛三十年，虽然我们这帮学院派都认为他能这么火，仅是因为我们不屑于此道，甚至可能连柳永自己都不觉得作顶级填词人是什么光彩的事，但是



① 沈宋、王陈：即沈佺期、宋之问、王绩、陈子昂。王绩是王勃的叔祖辈，爱饮酒，自号五斗先生。

不得不承认，他的词的确很棒。

要问柳永的仕途，倒跟温庭筠有点像，也是属于平时不检点导致风评不好的。他运气更差，是考上了又被刷下来，而且是被陛下亲手刷下来，因为他一首自嘲的词被陛下看到了：

> 黄金榜上，偶失龙头望。明代暂遗贤，如何向。未遂风云便，争不恣狂荡。何须论得丧。才子词人，自是白衣卿相。
>
> 烟花巷陌，依约丹青屏障。幸有意中人，堪寻访。且恁偎红倚翠，风流事、平生畅。青春都一饷。忍把浮名，换了浅斟低唱。
>
> ——〔宋〕柳永《鹤冲天·黄金榜上》



陛下在放榜前看到了他的名字，笑着说："且去浅斟低唱，何要浮名？"就把他名字给划了。要不说权力的小小任性就能改变别人的一生呢？

柳永也是个倔脾气，干脆就给自己取了个外号，叫"奉旨填词柳三变（柳永原名柳三变）"，这么一较劲，就一直到他四十岁那年才趁着恩科考上了进士。那一年他还来拜会过我，虽然他比我大五岁，但当时，我已是苏州知府，他是刚刚上任的小小团练推官。

后来的几年，他为官颇有政绩，但始终未能升官，直到去世前也只是个屯田员外郎。从仕途上看，他只是个不入流的小角色，可从诗词上看，他是划时代的一颗天王巨星。

同时代像他这么牛的，还有三位，分别是王禹偁、晏殊和苏舜钦，这三位也能代表晚唐以来，诗词界的三种完全不同的流派。

与柳永自创“流行词坛”一派不同，王禹偁是复古变革派，主张师法杜白韩柳，写诗也是效法这几人，尤其效法白居易。只是白居易年轻时写了许多讽刺诗，晚年一派平和之态，他却是早年写闲适诗，晚年写讽刺诗。他晚年从学习白居易转而学习杜甫，与别人眼中只见到杜甫集各派所长不同，他认为杜甫更了不起的是推陈出新，为天下别开一诗坛，这么看来，他的境界比后来江西诗派那群整天琢磨杜甫的人要高：

马穿山径菊初黄，信马悠悠野兴长。
万壑有声含晚籁，数峰无语立斜阳。
棠梨叶落胭脂色，荞麦花开白雪香。
何事吟余忽惆怅，村桥原树似吾乡。

——〔宋〕王禹偁《村行》

他不仅诗词文章学杜白韩柳，连脾气也学得十足，当个官三天两头犯颜直谏，为了徐铉被诬告的案子秉公执法，触怒陛下，也因为推荐丁谓给自己带来了麻烦。[1]

欧阳修、梅尧臣作为后来引领诗文两坛潮流的绝顶级大宗师，与王禹偁算是师出同门，可以说是王禹偁帮他俩做了开路先锋。

与王禹偁同属一门的还有苏舜钦，但严格来说不完全是，苏舜钦在这四人中属于“三不沾”，他虽和王禹偁都主张复古，甚至和梅尧臣齐名，但他不入韩杜等人的窠臼，而是综合几派人的诗风，创下了宋诗的一种独特风格：



春阴垂野草青青，时有幽花一树明。
晚泊孤舟古祠下，满川风雨看潮生。

——〔宋〕苏舜钦《淮中晚泊犊头》

后人常说宋诗和唐诗不同，这两首诗中便能看出一些端倪，这种风格倒也不是宋朝才有的，唐朝的崔道融就写出过类似的诗：

坐看黑云衔猛雨，喷洒前山此独晴。
忽惊云雨在头上，却是山前晚照明。

——〔唐〕崔道融《溪上遇雨二首·其二》

---

① 淳化二年（991年），庐州尼姑道安诬告著名文字学家徐铉。当时，王禹偁任大理评事，为徐铉雪诬，又抗疏论道安诬告之罪，触怒宋太宗，被贬为商州团练副使。丁谓因为文章风格近韩柳而被王禹偁赏识，但他没想到才华过人的丁谓在仕途上步步高升后，竟逐渐显露出奸佞小人的本质。

看出来了吗？这几首诗既不发大议论，也不藏大情绪，就是看到一件事，觉得有趣，又有点说不清的道理，就写下来，也不讲具体是什么道理，惹人深思。这种风格的诗，在杜甫那时就有了，到了韩愈这代，有许多诗文并通的大家，这诗就愈发多了，到了本朝这种诗才光大起来，成了宋诗的一大特色。只是大部分人写这种诗都写不好，往往只顾写一些不值得讨论的粗浅道理，把诗该有的味道给丢了，那感觉就像是从鸡汤里捞出一整只鸡，不吃肉，只一个劲地嗦骨头。

既然说了柳永是自创了流行词派，王禹偁是复古派，苏舜钦是综合派，那当时真正流行的到底是谁啊？

答案是——晏殊！

官场上有句话："你再快，都有比你更快的。"晏殊就是一个例子。他算是我的老师，虽然比我小，但成名极早，十四岁举神童入殿试。他发现殿试的考题是自己温习过的，主动上报皇帝，不占便宜。此举让他更得陛下喜爱，此后平步青云，当上了太平宰相。

晏相跟苏舜钦一样，没有被一门一派限制，他的根基是从馆阁一脉流传下来的，学自晚唐李商隐的诗风，当年叫"西昆体"。后来"西昆体"结合了几种不同的风格，成了当时诗坛的主流审美，与之对应的大概就是柳永的民间派。

这种经后人不停地发展、融合，诗风不仅未得杜牧、李商隐之味，反而全盘继承了晚唐诗的弊端，有杜牧落魄江湖载酒行的轻薄；有贾岛“二句三年得，一吟双泪流”的刻意；有李商隐铺陈典故的炫技……连晚唐那股传自南朝的绮靡风气也蕴含诗中，这些恰好是无所事事的馆阁士大夫所喜爱的。

他们大多数是上位者，自然“上有所好，下必甚焉”。

晏殊富贵一生，却不被这种俗气沾染，他拿这种风格来写词，就显得与众不同了：

宝毂香轮不再逢，峡云巫雨杳无踪。
梨花院落溶溶月，柳絮池塘淡淡风。
几日寂寥伤酒后，一番萧索禁烟中。
鱼书欲寄何由达，水远山长处处同。

——〔宋〕晏殊《寄远》

由此可见，写诗就像学武，各家流派套路虽然不同，原理却是一样，掌握了原理的人，便可突破流派的藩篱，达到不拘一格、任意挥洒的境界。

对于梅尧臣和欧阳修来说，要继承中唐以来的精神，不仅要在诗上打败晚唐风，还要在文学上打败另一种流行风——当时的士子，文风执着于以生僻出奇，想用这种半炫技半新奇的法子掩盖自己在文史经上的浅陋无知。对于半吊子的文学爱好者来说，这种文体恰好又是能让他们看不懂但觉得特别厉害的。

要打败这种风气，只有两个办法：一个是自己当老师，韩愈就是这么干的；另一个就是当裁判——欧阳修、梅尧臣都当过考官，这是直接从根上扭转风气的最佳办法。当然，不管是哪种，或者教出来好学生，或者选出来好进士。苏轼兄弟是欧阳修选出来的好进士，曾巩是欧阳修带出来的好学生。

只是这也给了许多人钻营的机会——毕竟风格流派并不能代表人品，王禹偁因为丁谓的文章有韩柳之味，就着意推荐，最终自食其果，便是一例。

欧阳先生的复古，认真来看，其实不是复古，而是一种革新，他的复古味道常见于文章之中，诗风则学习盛唐李白，比如：



西湖春色归，春水绿于染。
群芳烂不收，东风落如糁。
参军春思乱如云，白发题诗愁送春。
遥知湖上一樽酒，能忆天涯万里人。
万里思春尚有情，忽逢春至客心惊。
雪消门外千山绿，花发江边二月晴。
少年把酒逢春色，今日逢春头已白。
异乡物态与人殊，惟有东风旧相识。

——〔宋〕欧阳修《春日西湖寄谢法曹歌》

细心的人能感受到，他学太白，差了一点东西，这一点东西，从他的七绝之中，能看得更明显：

石屏自倚浮云外，石路久无人迹行。
我来携酒醉其下，卧看千峰秋月明。
——〔宋〕欧阳修《琅琊山六题·其三石屏路》

以太白的风格，“我来携酒卧其下”如果用在第三句，就不会写成七绝；如果写成七绝，第三句往往要奇峰突起，不然前两句便太过平实。

不是说欧阳先生没学到家，而是他取的是太白诗中的清平气象，他自己的风格，往往更见于这类诗中：

节物岂不好，秋怀何黯然。
西风酒旗市，细雨菊花天。
感事悲双鬓，包羞食万钱。
鹿车终自驾，归去颍东田。
——〔宋〕欧阳修《秋怀》

这种叙述风，或许是他文章写多了的后遗症，也是宋诗中常见的问题，再如这首：

百啭千声随意移，山花红紫树高低。

始知锁向金笼听，不及林间自在啼。

——〔宋〕欧阳修《画眉鸟》

同样是咏物，唐诗仿佛在猜谜语，是捕捉所咏对象的特点和细节，而宋诗则专注于借物言志，言志之中，又带点文章气。这样的诗，晚唐以来便很多，宋人将其发挥更甚。欧阳修偶尔会遵循唐人的风格写诗，大体还是宋诗更多一些。

欧阳先生虽是北宋诗坛盛世的“领头羊”，可他的三绝——文、词、诗，诗是排行最后的。

同为“领头羊”的梅尧臣则更加激进，直接打出了矫枉必过正的架势，连写诗也故意与晚唐风相左，用词还特意往比较接地气的方向走，把诗坛风格之争搞成了政坛党争：

飞乌先日出，谁知彼雌雄。

岂无腐鼠食，来啄秽厕虫。

饱腹上高树，跋觜噪西风。

吉凶非予闻，臭恶在尔躬。

物灵必自絜，可以推始终。

——〔宋〕梅尧臣《八月九日晨兴如厕有鸦啄蛆》

仅看诗，会觉得梅尧臣是个怒目金刚，实在朝堂上冲在第一线的战士。实则不然，梅尧臣精神状态正常的时候，发挥就很超群了：

适与野情惬，千山高复低。
好峰随处改，幽径独行迷。
霜落熊升树，林空鹿饮溪。
人家在何许，云外一声鸡。

——〔宋〕梅尧臣《鲁山山行》



“霜落熊升树，林空鹿饮溪”这种像神仙般的手笔，便是梅尧臣想象力和创作力的具体表现。

所以，后人尊称他为宋诗“开山祖师”，不仅是因为他力求改革诗风，打倒“西昆体”，更因为他的诗确有独到之处。

但大家发现没有，欧梅两位大宗师，复古于文，革弊于诗，独独放了词一马。

词的兴起，始于晚唐温庭筠，更早的还有戴叔伦的《调笑令》和李白名下的几首词，白居易也曾创作《忆江南》，张志和也是其中翘楚。晚唐流行的，是花间派那种情情爱爱的曲调，被主流文坛认为是艳语情话，词仍然被视为“小道”，难登大雅之堂：

西塞山前白鹭飞，桃花流水鳜鱼肥。

青箬笠，绿蓑衣，斜风细雨不须归。

——〔唐〕张志和《渔父歌》

晚唐的张志和尝试把隐逸派的东西加入词的创作中，词的空间变大了些，但大得有限。

直到五代十国的南唐后主李煜将身世沉浮之愁、国破家亡之恨、半生饱学之才融入词中，才赋予了词不同的生命力与意义。



四十年来家国，三千里地山河。凤阙龙楼连霄汉，玉树琼枝作烟萝，几曾识干戈？

一旦归为臣虏，沈腰潘鬓销磨。最是苍黄辞庙日，教坊独奏别离歌，垂泪对宫娥。

——〔五代十国〕李煜《破阵子》

到了本朝，词的地位有所上升，我们这些士大夫也开始尝试在词中写出不同的东西，比如我自己也填词：

塞下秋来风景异，衡阳雁去无留意。四面边声连角起。千嶂里，长烟落日孤城闭。

浊酒一杯家万里，燕然未勒归无计。羌管悠悠霜满地。人不寐，将军白发征夫泪。

——〔宋〕范仲淹《渔家傲·秋思》

很显然，诗以言志、言事、言天地，词来言情、言愁、言笑语。

梅尧臣没有把词看作什么了不起的东西，欧阳修是爱写，也没有给词扶正的意思，柳永又是流行派的宗师，这么一来，词好像还是只能在曲艺界发光发热：



庭院深深深几许，杨柳堆烟，帘幕无重数。玉勒雕鞍游冶处，楼高不见章台路。

雨横风狂三月暮，门掩黄昏，无计留春住。泪眼问花花不语，乱红飞过秋千去。

——〔宋〕欧阳修《蝶恋花·庭院深深几许》

想必大家也注意到了，宋人写艳语，极少用诗，而是大量写入词中。

如果仔细看，又会发现，从张志和到温庭筠，从李后主到柳三变，从晏殊到欧阳修，虽然进步缓慢，但词的境界和创作技巧都在不断提升扩宽。像欧阳修的“庭院深深深几许”，三个“深”字叠用就是一种别开生面的写法；像“人生自是有情痴，此恨不关风与月”，这种句子，如果写进诗中，未免气短，但写在词里，恰好情浓。与其说词不与诗同，不如说词和诗继承的东西不同，词继承的是古乐府，就像李白、刘禹锡擅长写的民歌一样。

所以，像我们这样的人，研究诗词文章一旦入了门，就会发现其中流派复杂，不是因为流派多，而是因为他们之间并非大家想象得那样泾渭分明，而是“你中有我，我中有你”，强行分别流派，往往就落了下乘。

而这也更加说明，能从这么多派别中脱颖而出，为诗词界提纲挈领、引领潮流，是何等艰难的事。

我少年时，因母亲改嫁，我的名字被改成了朱说。后来我搬到庙里，发奋苦读，划粥断齑，一举登第。接着戍兵西北，一路官至参知政事，主导“庆历新政”，改回范氏姓名，自以为算是苦读有成，学问过人，但遇到欧阳修和梅尧臣，才知道什么叫天纵之才，这两人还是我的晚辈，却能在文坛大放异彩。

或许，可能是因为我的心思没有放在这上面，我居庙堂则忧民，处江湖则忧君，只有先天下之忧而忧的时间，哪有后天下之乐而乐的机会？

再后来有个眉山来的年轻人，叫苏轼，他挺喜欢我的诗文，还给我的文集写了一篇序，我感谢他的认可，也遗憾自己没能全身心投入到修词著文之中。

后人更喜欢的，大概还是我那篇《岳阳楼记》，虽然我压根没去过岳阳楼。

苏轼也很喜欢欧阳修，毕竟他是欧阳修的门生，在欧阳修死后，路过欧阳修的平山堂时，他写了一首词：

三过平山堂下，半生弹指声中。十年不见老仙翁，壁上龙蛇飞动。

欲吊文章太守，仍歌杨柳春风。休言万事转头空，未转头时皆梦。

——〔宋〕苏轼《西江月·平山堂》



在后世，相比于我和欧阳修的热度，梅尧臣的名声相对平淡了许多，即使他的诗才是我们三人中最好的。

一方面是宋诗不如宋词有名，另一方面是梅尧臣一生以文采知名，却因不是科举出身，未能入馆阁。而欧阳修不仅写文，还提炼出了自己的观点与理论，带出了曾巩、王安石、苏轼等知名弟子。

欧阳修的文章风格，主打一个“纪实简短”，讲究论事说理，这可能跟他参与撰修史书有关，写史书讲究的就是“短”“实”，还要能从中提炼出参考价值。

欧阳修是钱惟演大力提拔的，钱惟演曾说自己“平生惟好读书，坐则读经史，卧则读小说，如厕则阅小辞，盖未尝顷刻释卷也。”欧阳修后来也说：“余平生所作文章，多在三上，乃马上、枕上、厕上也。”

我想在我眼中，他是天才，他或许觉得自己不过是“三上”的功夫用得勤，写作时讲究实用罢了。他眼中的天才，或许得是王安石和苏轼这般，足以让他避一头之地，让其大展名声的人吧。

我想了很久，或许很多年以后，在欧阳修去世之时，他也未必意识到，他和梅尧臣，在不经意间，打开了整个北宋文坛的盛世。要成为这样的引领者，自身的实力固然重要，但更重要的是慧眼识珠的能力以及肯大力提拔后辈，爱才如命的心境。

在这一波热闹以后，文坛也好，诗坛也罢，沉寂了近千年，再没有出现过这样的诗文盛世。

或许很多事，看起来很简单，但做起来，没那么容易，它不仅需要天纵奇才，需要时代氛围，更需要有一群像欧梅这样的人，怀一颗古仁人之心，不以物喜，不以己悲，怀着以天下为己任的壮志，投身到时代洪流之中，舍身推动它的到来。

# 九、苏黄——江湖夜雨十年灯

从屈原到如今，差不多一千二百年，这一千二百年间，能在活着时就成为传奇人物的诗人，不超过五个，屈原、曹植、庾信、李白，还有一个是苏轼。

苏轼生在宋朝，既是一种不幸，又是一种幸运。

如果生在大唐，他这种性格或许能活得快乐得多，但如果生在大唐，他又未必能如此传奇。

作为他的徒弟兼朋友，我也算是后辈诗坛中的佼佼者，如果要打个比方的话，大概就是：如果有一天，大宋文人群体需要派出一群诗人应战比诗的话，我会在代表队里，苏轼的位置都未必稳居我之上，除非对面还要比词。

当时诗家高手也不少，苏轼气脉绵长，如昔年李诗仙自蜀中东来，乘风破浪；王安石饱学过人，看似普通的诗句却暗藏玄机，奇崛处非有三五十年功力不能为之，是以大器晚成。

昔年力压苏梅欧王四大宗师，让张先和宋祁这一老一少共同追赶的晏殊已经作古，他的儿子晏几道继承词道，独步天下，能与他抗衡的除了苏轼，大抵是此时功力未足的秦观和周邦彦。

剩下一个能与他们争锋的，就是我了。

我就是黄庭坚，字鲁直，江西诗派的创始人之一。

后世给我的头衔还有很多，比如二十四孝楷模之一，书法大家，如果大宋代表团要比书法，我和苏轼是当仁不让的。

但我所有的光芒，都被苏轼掩盖了。他是整个“文艺界”的绝对霸主，是引领北宋文坛走向辉煌的核心人物，如果没有他，不论是宋诗还是宋词，都没有机会与唐诗并称。而当时，不管是先后称霸“文艺界”的欧阳修、王安石，还是最新冒出来的晁补之、秦观，都不得不屈居于他的耀眼光芒之下。

苏轼的诗、词、文三绝就算了，书法冠绝当代也就忍了，围棋、绘画、音律略知一二也就罢了，连医术、美食都极见造诣，时尚穿搭也是信手拈来，去海南一趟还设计了一款椰子帽，与其说他是文艺界的霸主，不如说他是时尚界的巨星，也就是宋朝没有互联网，不然他的主页除了官职之外还得这样写：文化博主、历史博主、美食博主、时尚博主、艺术博主、时政评论家。

他的朋友爱他，他的敌人嫉妒他，他的粉丝崇拜他，他是唐宋“流量明星”中罕见的实力派。

所有人都在琢磨一件事：大家每天都是二十四小时，他为什么能学得比别人多？

如果说是遗传，虽然苏轼祖上出过苏味道这样的人物，但是苏味道的天分不如他。苏轼的父亲，同为文章八大家的苏洵，更是二十七岁才开始折节读书。

不像我修水黄氏，一辈十进士，十代有翰林，我太爷爷还是樱桃书院创始人，这才是正宗的书香门第，世代簪缨。

所以依我看，苏轼就是纯正的天才，当然更难得的是他父亲没有忽视他的“多边形天赋”，他自己也掌握了不同领域的跨领域学习法，这才能多方面齐头并进。

要知诗文虽然并论，却是两种不同的才华，而词就更是如此，能文未必能诗，能诗未必能词，更遑论音律棋路，岐黄烹饪，于苏轼而言，他也并非一下子就把这些全都学会，但是他只要想学一样东西，必能穷彻其理，得其三昧。这份本事我也是追随他许久后，才渐渐摸到点门道。

比如他读书，旁人读书，一遍两遍，也就罢了，偶尔读到喜欢的，手不释卷，韦编三绝，也是有的，但他读书，却是自问自答，攻讦书中作者之观点，推敲作者之逻辑，如与作者辩论，而且每有新奇之想，则再披览一番，有点与古人“抬杠”的意思。不仅写的文常常与人唱反调，连写的诗都能提出一些有趣的问题。

若言琴上有琴声，放在匣中何不鸣？
若言声在指头上，何不于君指上听。

——〔宋〕苏轼《题沈君琴》

只可惜宋朝士大夫不怎么琢磨物理，不然苏轼这样琢磨下去，随时有可能成为理工科的大牛。

虽然理科土壤贫瘠，但是有“百家争鸣”的文科态势，王苏梅欧搭建起来的复古派声势一时无两，柳永和晏家父子词名犹盛，正当盛年的王安石学贯古今，不论斗诗、斗词、斗文都不在苏轼之下。

王安石的可怕之处，一定要与他对决才能感受到。他不像欧阳修那样带有压迫感，也不像苏轼那样才气逼人，而是有一种举重若轻，深不可测的宗师气度。



他邋遢随性，但文章之中自有一股词锋，含而不露，一击必杀，别说当世了，就算唐宋文坛放在一起看，也只有韩愈之大巧不工、柳宗元之清灵坦率、欧阳修之快意飘忽、曾巩之以慢打快、苏辙之以柔克刚、苏轼之绵绵不尽，可以接下王安石的词锋。

论写诗，他就更可怕了。他的诗格局高、观点强、韵味厚，更牛的是用典奇绝：

一水护田将绿绕，两山排闼送青来。

——〔宋〕王安石《书湖阴先生壁二首·其一》（节选）

你看出哪里用了典吗？

“护”“田”两字，出自《汉书》，讲的是在西域屯田时，安排护田校尉的典故。

为了防止你觉得他就是无心之中用了“护”“田”这两个字，他还特意在下句用了“排”“闼”两字对仗，让你明白他的刻意。（“排闼”出自《史记》，说的是樊哙在刘邦生病闭门时带头推门而入的故事。）

这两处用典，是水平很高的炫技，比李商隐的铺陈更低调，比白居易的直陈更有内涵，看不懂也不影响你阅读，看懂了会惊讶于作者的博闻强识和对仗之精。

虽然我是用典的专家，但扪心自问，的确达不到他这种用典的水平。

这也导致了王安石把诗词视为小道，毕竟当世少有对手。很多时候你看他写诗词，不像是在抒情，也不像是在议论，而是单纯地考较读者的见识和水平，居高临下地俯视读者，他甚至把写集句诗当作一种乐趣，从古人的诗句里直接摘成句玩对仗，这当然是一种新颖、有难度的写法，但它难留下好作品，哪怕对仗足够精妙。他那些发自内心的真实状态，没有任何炫技，更能深入人心：

伊吕两衰翁。历遍穷通。一为钓叟一耕佣。若使当时身不遇，老了英雄。

汤武偶相逢。风虎云龙。兴王祇在笑谈中。直至如今千载后，谁与争功。

——〔宋〕王安石《浪淘沙令·伊吕两衰翁》

登临送目。正故国晚秋，天气初肃。千里澄江似练，翠峰如簇。归帆去棹斜阳里，背西风，酒旗斜矗。彩舟云淡，星河鹭起，画图难足。

念往昔，繁华竞逐，叹门外楼头，悲恨相续。千古凭高，对此漫嗟荣辱。六朝旧事如流水，但寒烟、衰草凝绿。至今商女，时时犹唱，后庭遗曲。

——〔宋〕王安石《桂枝香·金陵怀古》



他最出名的，是认真炼字后打磨出来的那句“春风又绿江南岸”，只能说认真起来的王安石真的很可怕。在《桂枝香金陵怀古》中，他写“彩舟云淡，星河鹭起”，居然能用“画图难足”看似随意的四个字收，这一收像李白一样巧妙收住气势，接着砉然一转，荡开一笔，去写六朝旧事。

所以我说王安石的诗词，看起来不觉奇妙，似乎很好写，但细细揣摩，奇峰处处。

苏轼天才纵横，王安石学究天人，晏几道家学渊源，只有我，是从杜甫那里找到了秘籍，这秘籍倒也不难，八个字：点铁成金，夺胎换骨。

但是后来学我的人，不知道怎么理解的，居然把拿古人的诗句改两个字就用，当成了我的指教。

满川风雨独凭栏，绾结湘娥十二鬟。

可惜不当湖水面，银山堆里看青山。

——〔宋〕黄庭坚《雨中登岳阳楼望君山二首·其二》

我可不是直接把古人的句子拿来改一改这么简单，而是借用了古人的原意，用自己的逻辑说出来，这才叫“夺胎换骨”，而不是“偷梁换柱”。

其实诗人大多会这个，比如林逋的名句“疏影横斜水清浅，暗香浮动月黄昏”源自五代诗人的一句“竹影横斜水清浅，桂香浮动月黄昏”，也有比较懒的，连字都不改，比如晏几道的名句“落花人独立，微雨燕双飞”直接用了五代翁宏的诗句，欧阳修的“山色有无中”直接用了王维的“江流天地外，山色有无中”。

只是很少有人像我一样爱用且用得如此频繁，也改得如此大胆的，以至于后人给我的诗词作注，总是很头疼，因为搞不清我的诗，到底有没有借用前人的句子。

江西诗派里这么干的不止我一个，陈师道就是一例，我江西诗派一祖三宗，杜甫老祖是追封的，人家认不认还两说呢，但是三宗的含金量还是能称得上千足金的：

闭门觅句陈无己，对客挥毫秦少游。

正字不知温饱未，西风吹泪古藤州。

——〔宋〕黄庭坚《病起荆江亭即事十首·其八》（节选）

陈师道写诗，多爱从杜甫的诗中找灵感（所以把杜甫列为祖师没毛病），而他吟诗极苦，每次有了灵感，就要回家大被蒙头，闭门苦思，而且不许任何人发出任何声音干扰他，所以我说他写诗是“闭门觅句”，但写出来的诗的确有独到之处。



陈与义和陈师道相比的话，诗倒未必更胜一筹，但是词却有独到之处：

忆昔午桥桥上饮，坐中多是豪英。长沟流月去无声，杏花疏影里，吹笛到天明。

二十余年如一梦，此身虽在堪惊。闲登小阁看新晴，古今多少事，渔唱起三更。

——〔宋〕陈与义《临江仙·夜登小阁忆洛中旧游》

他的词别开一股意味，很久很久以后，我才发现他往往能写出那种很有“网红感”的句子，比如“今年何以报君恩。一路繁花相送过青墩”或者“明朝酒醒大江流，满载一船离恨向衡州”。

作为诗坛上第一个有名有姓有根有据的一派之宗，我的知名度却比苏轼低了不止一个量级。

但我不嫉妒，也不埋怨，我知道，这是因为我和苏轼的诗词不是同一种人。

如果说李白和杜甫是诗中日月，光照千古的话，苏轼就是诗中之春风，词间之长河，他不羁如风，遍行海内，他才情如河，说自己“吾文如万斛泉涌，不择地皆可出”，这倒也不是说他一出手必是佳作，但他有那种把世间万物都融入自己笔端的能力。

我就像是诗中的一座山谷，我藏有黄金，藏有溪流，藏有树木花草，藏有野鹤与人家，但是必须要你走进来，才能看到这一切。

这也怪我，要给自己取个号叫“山谷道人”。

苏轼与我，同样一生屡经贬谪，他能与山川日月为友，以士农工商为师，经理州郡，游玩山水，比我多积累了太多可写的东西：

参横斗转欲三更，苦雨终风也解晴。

云散月明谁点缀，天容海色本澄清。

空余鲁叟乘桴意，粗识轩辕奏乐声。
九死南荒吾不恨，兹游奇绝冠平生。

——〔宋〕苏轼《六月二十日夜渡海》

他的一生就像他的作品集，光是看一遍，就要耗费许多光阴，从作品中能看出他的成长与蜕变。

他少年自蜀中来，才气焕发，兄弟俩如日月一般，虽然光芒不同，但都自有夺目之华彩，连皇帝看了他们兄弟的卷子，都说此次一举得了两位宰相之才。梅尧臣与欧阳修看了他的卷子，都要感叹文章之妙。他不仅是议论文写得好，写骈文也鲜有敌手，一篇《赤壁赋》横绝千古，可与《滕王阁序》《阿房宫赋》《哀江南赋》《洛神赋》并列骈文前五。



而论到诗词，则更加厉害，纵然是李白复生，也未必能像他这样无所不能写，而且他能精准选择出什么时候、什么事，可以用什么形式来写，什么该写成诗，什么该写成词，什么该写成文，他非常有把握，又或者，从某种角度来说，他能够做到写诗、写词、写文无缝切换，把这三种技巧融为一炉了，也就是以诗为词，以词为诗，以文为诗词。写出前人难以想象的豪迈词，打破了诗和词的壁垒——但这也仅在苏轼手中才能办到：

一别都门三改火，天涯踏尽红尘。依然一笑作春温。
无波真古井，有节是秋筠。

惆怅孤帆连夜发，送行淡月微云。尊前不用翠眉颦。人生如逆旅，我亦是行人。

——〔宋〕苏轼《临江仙·送钱穆父》

他不仅能将豪迈写成“老夫聊发少年狂”，将婉约写成“十年生死两茫茫”，更能把豪迈与婉约融为一体。

后来世间有了一种东西，叫影视剧，东坡爱看，拉着我一块去看，我发觉演技好的人，也有两种不同，跟诗人很像，一派是自然带入，演不同的人就有不同的形象、习惯、动作，换了一部剧，就仿佛换了一个人，一人千面，有时会让人反应不过来这个角色居然跟那个角色是同一个演员。

另一派是演谁都带一点个人特色，这就和苏轼很像了，苏轼杂糅了盛唐和中唐许多名家的风格，却能完全保留自己的特色，无论诗、词、文，都能带有强烈的个人色彩，不免让一部分路人觉得演谁都像演自己，对于演员来说也许是不幸的，但对于诗人来说，这是与生俱来的优势。

唯一让人纳闷的是，在他的种种天才之中，独独缺了一门——政治天赋。

他对文艺理解太深，对朝堂理解太浅，羡慕他的天才吗？拿政治智商换的。

有一次他指着自己的肚子问小妾：“我这里面是什么？”

朝云回答："我看只有满肚子的不合时宜罢了！"

他有多不合时宜呢？给儿子洗澡，都不忘讽刺领导：

> 人皆养子望聪明，我被聪明误一生。
> 惟愿孩儿愚且鲁，无灾无难到公卿。
>
> ——〔宋〕苏轼《洗儿戏作》

还能说什么呢？只能劝我这亦师亦友的大佬一句：什么都写，只会害了你！



但是，如果他不是这样纯粹的性格，又如何能写出那样出神入化的作品？以他一生之漫长，经历之丰富，诗词文风之多变，如果要挑代表作，你得挑出十首以上，分别来代表他不同的风格与阶段，这一点，就算是同时代号称"诗文百晓生"的王安石也达不到。

苏轼虽然被视作旧党的头面人物[①]，可不论新党、旧党上台，他都是反对党，不论掌权者是王安石还是司马光，他都坚持自己的想法，结果落得一个终生未得大用的结局。他辗转天涯海角，留下无数名篇佳作，写尽悲欢离合，看遍阴晴圆缺。

当然，留下的还有他的东坡帽、东坡肉、苏堤、破天荒等

---

① 后世划分新旧党，除了生平行状，还可以看有没有名列"元祐党人碑"，苏轼、苏辙及门下知名学士均在此名单上。

等数之不尽的传奇故事。

我很羡慕他，我留给世人的，除了诗，就只剩骨气。

很久很久以后，苏轼给我看过一本小说，我没闲工夫看，只知道是一个叫古龙的人写的什么武侠故事，里面有个人外号叫“君子剑”，名字叫“黄鲁直”，鲁直，就是我的字，我也的确是个很“鲁直”的人。

当年乌台诗案，苏轼下狱，有人想让我污蔑他。那时我和苏轼不过泛泛之交，可我知道他是个忠君爱国之人，断不肯做那龌龊的事，于是也被贬谪。后来他们又拿我参与修撰的《神宗实录》来污蔑我，我一样是据实回答，一字不改，这当然很“鲁”，也很“直”。

不管是作诗还是做人，我和老杜可以说是很相似的：

痴儿了却公家事，快阁东西倚晚晴。
落木千山天远大，澄江一道月分明。
朱弦已为佳人绝，青眼聊因美酒横。
万里归船弄长笛，此心吾与白鸥盟。

——〔宋〕黄庭坚《登快阁》

学老杜而不写七律，就像有人说自己是屈原的粉丝，却没有读过《离骚》。

七律最能见诗人的手筋笔力，它一来考验诗人的谋篇布局之能，二来考验诗人的对仗铺陈之力，是一门细致的功夫。因此强如李白和苏轼，在七律上也做不到天下无敌。

这么一想，东坡倒也有点像李白，我自然是像杜甫的。我们俩一个好酒、好玩，天纵奇才，快人快语；一个沉着、弘毅，沉郁顿挫，千锤百炼。或许这就是天意，盛唐要有一对李杜，我大宋也要有一对苏黄。

到处相逢是偶然，梦中相对各华颠。
还来一醉西湖雨，不见跳珠十五年。
——〔宋〕苏轼《与莫同年雨中饮湖上》



看苏轼这醉态，和李白是不是很像？

有一次，东坡评价吴道子的画，说“出新意于法度之中，寄妙理于豪放之外”，严格来说，这难道不恰好也是李白和东坡的相同之处吗？

我和杜甫致力于法度之间，他们追求的是超然于物外。

其实，我与杜甫，骨子里也有那么一股狂气，只是杜甫的狂气被李白的盖住了，被他凄苦的人生盖住了，而我的狂气，也比不上“疏狂似我人谁顾”的东坡？

想看到我的狂，最直观的例子就是我的作诗之法。我讲究学习杜甫和韩愈的“无一字无来处”，然后升级到“夺胎换骨”“点铁成金”。夺胎换骨，就是在前人写得好的句子的基础上再迭代——说白点就是，我自信我能把这些大诗人的诗，改得比他们原版还要好！

后来我的狂气收敛了许多，这大概与我进行了多年的禅修有关。还有一点我和老杜很像，老杜的诗越到晚年越是气象开阔，吞吐山河；我晚年的作品则句法更精，甚至有不少诗的写法脱离了我原先的方法论，我们的诗都在磨砺中精进。

四顾山光接水光，凭栏十里芰荷香。
清风明月无人管，并作南楼一味凉。
——〔宋〕黄庭坚《鄂州南楼书事四首·其一》



要知道，做诗人便是踏上了一条漫漫长路，大多数人走到后半程，就出现了人老才退的现象。诗道这条路，不算好走，许多人甚至走得很辛苦，比如贾岛、孟郊，还有些人起初走在很前面，但是慢慢就跑不过其他人，比如钱起。能像李白、杜甫、东坡这样跑起来就一直领先的，甚至越跑越快的，数不出几个人来。

世人都知道东坡晚年有个好朋友叫佛印，整天跟他谈论佛法，但是后来他逐渐爱上《庄子》，其实他年轻时写文，已颇见庄子的手法，当然也有韩愈等人的风格，而他的诗，也能结合两家所长，模拟出那种电影般的镜头切换感，比如：

有如兔走鹰隼落，骏马下注千丈坡。
断弦离柱箭脱手，飞电过隙珠翻荷。
——〔宋〕苏轼《百步洪二首·其一》（节选）

这首诗有一股爽快利落的感觉，这种风格也只有庄子诗词足以媲美。

但到了晚年，他才慢慢读懂庄子，才发现自己以前对庄子的理解，还是浅了一层，这或许不是他当年的理解不足，而是他现在回顾自己的一生，多少有了些悔意。

我们看到的那个快乐的东坡居士，其实未必有那么快乐，人人都说他能苦中作乐，譬如刘禹锡被贬，不快乐是一天，快乐也是一天，何必给自己找不痛快呢？

可是，他们真的快乐吗？

很久很久以后，我听到一首歌，不知道为什么，我就想起了东坡：

你不是真正的快乐
你的笑只是你穿的保护色
你决定不恨了
也决定不爱了
把你的灵魂关在
永远锁上的躯壳

这世界笑了

……

——五月天《你不是真正的快乐》（节选）

岑参写过这样一首诗，他在诗中这样问道：“一生大笑能几回？”

弯弯月出挂城头，城头月出照凉州。
凉州七里十万家，胡人半解弹琵琶。
琵琶一曲肠堪断，风萧萧兮夜漫漫。
河西幕中多故人，故人别来三五春。
花门楼前见秋草，岂能贫贱相看老。
一生大笑能几回，斗酒相逢须醉倒。

——〔唐〕岑参《凉州馆中与诸判官夜集》

就连杜牧也说“尘世难逢开口笑”，这人生，到底是有多苦啊！

大抵到了这个阶段，人人都想追求一种豁达的味道，以显得自己并不难过，而东坡尤其惨烈，越是被贬到蛮荒之地，他就越是要写诗、写词、写文，表现出自己很快乐，当权者就继续贬谪他，直到天涯海角。

很多人不知道他这种倔驴脾气，权当他真在苦中作乐，真修炼出了禅宗的心态。

其实就像他的《记承天寺夜游》和前面提过的《湖州谢上表》一样，他的牢骚，也常常在诗文中偶尔露脸，只是不那么明显，许多人便错过了：

> 元丰六年十月十二日夜，解衣欲睡，月色入户，欣然起行。念无与为乐者，遂至承天寺寻张怀民。怀民亦未寝，相与步于中庭。庭下如积水空明，水中藻荇交横，盖竹柏影也。何夜无月？何处无竹柏？但少闲人如吾两人者耳。
>
> ——〔宋〕苏轼《记承天寺夜游》



好一次夜游，好一个闲人。

身为江西诗派的一派之主，许多人笑话过我，说我不自信，自开一派却不敢自居掌门，反而追认杜甫作祖师爷。

可能大家也很纳闷：你开个江西诗派，凭什么拉杜甫下水？杜甫又不是江西人。

这事其实真不怪我。

我活着的时候，江西诗派还不存在，是我去世以后，有人把风格与我相近的一系列诗人列入我的门下，这才有了江西诗社。到了宋末，方回这小子说我们都学老杜，干脆把老杜列为祖师，我、陈与义、陈师道并列三宗。

很多年后，东坡看到一本武侠小说时还拿这事笑我，说：

“这个什么华山派，要分两个阵营，一派说要以剑驭气，一派说要以气御剑，山谷，你说到底谁对谁错？”

我想了一会，忽然笑道：“这就像写诗，有人说要学唐人以情绪入诗，一气呵成；有人说要学宋人，以理趣入诗，筋骨自见。其实不是谁好谁坏，而是自己的风格更靠近谁罢了。”

苏轼哈哈大笑：“怪不得后来元好问那小子在《论诗三十首》里说‘论诗宁下涪翁拜，未作江西社里人’。”我的确已经超越了江西诗派的门户之见。

说起词来，后人说什么唐人把诗写尽了，才有了宋词，宋人把词写尽了，就有了元曲。其实并非如此，自屈原以来，辞赋兴而诗歌作。唐人以诗赋取士，诗始开大场面，为大方家。宋朝改科举，重经学，故诗词始有文章气，宋人则在此基础上继续探索更多的变化，因此宋诗与唐诗，如双峰并峙，不分轩轾，但是到此地步，非大国手不能为之，所以宋诗界的大宗师比唐诗界肉眼可见得少了许多。而词到此时，已经过了温韦李柳晏等数代人前赴后继的调教，上可以闻天听，动公卿，下可以流四海，布闾巷。

至于苏轼为词带来了什么，倒也有人说过。

有一次，东坡问旁人：“我词何如柳七？”

那人回答：“柳郎中词，只合十七八女郎，执红牙板，歌杨柳岸，晓风残月。学士词，须关西大汉，铜琵琶，铁绰板，唱大江东去。”

这话简直妙到不能再妙，所谓苏轼与柳永之别，其实不是豪放派与婉约派之争，而是有点像江南的戏曲和西北的戏腔，而其间的风格变化，其实也源于时代和个人的际遇。

温庭筠流连风月，晚唐恰好又是绮丽为风；李煜身为江南国主，国破家亡，身为臣虏，遂变富贵帝王词为深沉清冷语；柳永和晏殊虽然一个是布衣一个是宰相，但是都生活在北宋最富足安定的仁宗时代，自然都能从各自的角度写出时代繁华，偶尔作凄凉语，抑或软语硬唱，柳永不过感怀身世，晏殊只伤春悲秋。



到了苏轼、秦观、周邦彦，三人际遇不同，性格各异，作品也就完全不同了。

应该说，苏轼为词注入了一些前人没有赋予过的东西，但要说起来，就像李白有陈子昂开路，苏轼和辛弃疾的豪放之词，其实也有苏舜钦为他们铺垫：

潇洒太湖岸，淡伫洞庭山。鱼龙隐处，烟雾深锁渺弥间。方念陶朱张翰，忽有扁舟急桨，撇浪载鲈还。落日暴风雨，归路绕汀湾。

丈夫志，当景盛，耻疏闲。壮年何事憔悴，华发改朱颜。拟借寒潭垂钓，又恐鸥鸟相猜，不肯傍青纶。刺棹穿芦荻，无语看波澜。

——〔宋〕苏舜钦《水调歌头·沧浪亭》

我对苏轼的钦佩，也源于他做的许多事具有划时代的意义，对后世的影响也远远大过我。

在我人生最后那几年里，我经常去南楼这个地方。在那里，我常常幻想人生的许多种可能，可能人到老时就会这样，苏轼会悔，我也会悔，但是真要让我们回到当时当地，或许我们还会做出同样的选择。

最后说一个小插曲，东坡很爱看现在人写的武侠小说，有一天他拿了一本给我看，封面上的标题赫然是《江湖夜雨十年灯》，故事倒是一般，但东坡告诉我："山谷，这是你在人世间的诗中，流传最广的一句。"

这首诗写在我去世前十多年，当时我在济南，写这首诗寄给我的老朋友黄几复，这一联在当时就很出名，同为苏门四学士的张耒就说这句诗是"奇语"，但是我从来没想过，它会是我的诗句中最火的一句——毕竟下一联的对仗和精巧，还要胜过这一联。

事实上，这句诗的确具备了各种流行要素，但是换一种角度想，所谓的流行要素，往往也就是人心的共同点，譬如杜甫写了一辈子的诗，水平最高的诗却也最难懂，反倒是"国破山河在"和"会当凌绝顶"得以流传千古。

这也代表了两种审美。柳永、白居易、李白等人的许多诗词，乃至《诗经》里的风，能引起读者的共鸣，从而广为流传，这些作品展现了诗的力量；另一种是有一定的文艺修养的人对诗的文学性的评价，这种审美也很重要，就像是围棋名家对“神之一手”的探索，就像音乐家对更深层次的音乐的探索，虽然过程中必然会有许多让人看不清的高明之处，但是当它最终完成的那一刻，那种让人的灵魂得以颤栗与共鸣的快感，足以让人永志不忘。而从某种角度看，苏轼似乎与这种境界，只有一步之遥。

我居北海君南海，寄雁传书谢不能。
桃李春风一杯酒，江湖夜雨十年灯。
持家但有四立壁，治病不蕲三折肱。
想见读书头已白，隔溪猿哭瘴溪藤。

——〔宋〕黄庭坚《寄黄几复》

# 十、济南二安——江山留与后人愁

如果形容一个人既豪迈又婉约，既文雅又狂放，那我觉得他应该在说我——李清照。

都说苏门四学士，却没几人知道，苏门实际有八位学士，除了晁张秦黄这前四位，还有后四位，其中一个就是我的父亲，李格非。[1]

那是大宋文坛盛世最后的辉煌，王苏黄三位诗坛霸主相继去世，柳永、张先、晏殊、宋祁、晏几道、秦观等词道宗师也纷纷谢幕，甚至大宋也将成为南北宋，我满心期待的、和丈夫小确幸的生活，即将碎为泡影。

当时当世，没有多少人意识到这一点。

金兵入京，衣冠南渡，西晋尚且有一个刘琨支撑北方，南宋却压根没有克复中原的壮志。

在乌江亭畔，我看到杜牧的题诗，看到王安石的题诗，一

① 苏轼门下有四学士、六君子、后四学士的说法，四学士即秦观、晁补之、张耒、黄庭坚，加上陈师道和李廌即为六君子。后四学士，即李格非、廖正一、李禧、董荣。

个说“江东子弟多才俊，卷土重来未可知”，另一个抬杠说“江东子弟虽才俊，肯为君王卷土来。”

这就是太平时代的议论，真正到了我们这步田地，哪还有心思理论这些？所以我提笔写下这样一首诗：

生当作人杰，死亦为鬼雄。
至今思项羽，不肯过江东。

——〔宋〕李清照《夏日绝句》



我好酒，好赌，好玩，英气不输须眉，人人都说我是女中丈夫，但直到此刻，我才知道，女丈夫，终究不是大丈夫，而放眼海内，又有多少须眉男子，能称得上大丈夫？

我的丈夫赵明诚，严格来说也说不上是大丈夫。

我与他相识于东京，成婚时我已经是京城闻名的才女，苏门前辈张耒写读中兴碑后感，我写下两首长诗应和，第一句就石破天惊，写出了一股英雄气：

五十年功如电扫，华清花柳咸阳草。
五坊供奉斗鸡儿，酒肉堆中不知老。
胡兵忽自天上来，逆胡亦是奸雄才。
勤政楼前走胡马，珠翠踏尽香尘埃。
何为出战辄披靡，传置荔枝多马死。

尧功舜德本如天，安用区区纪文字。

著碑铭德真陋哉，乃令神鬼磨山崖。

子仪光弼不自猜，天心悔祸人心开。

夏商有鉴当深戒，简策汗青今具在。

君不见当时张说最多机，虽生已被姚崇卖。

——〔宋〕李清照《浯溪中兴颂诗和张文潜二首》(节选)

而我丈夫，虽然论才华略逊我几分，但是比起当年叹息“不意天壤之中，乃有王郎”的谢道韫，我算是幸运得多了。①

明诚能诗能文，跟我一样颇好金石古玩，虽然家财不足以让我们做大藏家，但还是凭借着我俩的眼力收集了不少。

我跟明诚还爱玩一种非常考究记忆力的游戏，具体玩法，就是说出一句话在书中的位置，然后核验，谁输了就喝一杯茶。

后人有一个叫纳兰容若的，有句词叫“赌书消得泼茶香”，说的就是这事。

这当然算是雅赌，但实际上，什么样的赌我都会一点，如果当时有“大宋第一才女赌徒”的头衔，我是当仁不让的。

明诚性格颇为柔弱，朝中几度变换党派，我父亲颇受打击，



① 东晋才女谢道韫，嫁给王羲之的儿子王凝之，王凝之为人迟钝，才华一般，谢道韫曾感慨：“一门叔父，则有阿大、中郎；群从兄弟，则有封、胡、羯、末。不意天壤之中，乃有王郎！”意思是自家叔辈，兄弟多出俊杰人物，自己见惯了的，从没想过天地之间，还有王凝之这样毫无才情可言的人。见于《世说新语·贤媛》。

连我也因此不得不和明诚分开，回到山东老家居住，直到局势略微好转。

当时以为这就是人世间最苦的事了，后来才知道当年的小小离别，算得了什么。

苏门前辈中有一位晁补之，因为喜欢陶渊明的《归去来兮辞》，因此自号“归来子”，我也因此将堂号取作“归来堂”，在归来堂的那些日子，竟成了我一生最快乐甜蜜的、回不去的时光。

后来，明诚从山东调任江宁，他要去赴任，我帮不上忙，只能亲自押运数十箱家里辛苦收集的文物与古籍——这已经是不得不把许多沉重难运的大件留在青州后的结果了，可离开后没多久，留在归来堂的一切都毁于青州兵变的战火。

归来堂终究是回不去了。

面对沿途的流寇与匪兵，我指挥若定，苦心筹谋，终于将这一大批宝物送到南方。

后来明诚治下有人造反，他不通兵家事，下属平定叛乱后，前来寻他，他却已经逃走了。说实话，我是失望的，失望我爱了这么多年的丈夫不是一个大丈夫，但我依然爱他。

朝廷正值用人之际，后来继续安排他担任湖州知府的工作。但明诚后来还是死了，死于路途急病，我也由此成了寡妇。

明诚不算一个大丈夫，却是一个好丈夫。

后来我把典籍文书送往洪州，这一次是羊入虎口，金兵陷洪州，焚毁了一切，我只能带着剩下的一些轻便文物，追随陛下的脚步。

不得不说，咱们陛下打仗不行，跑起来却是飞快。

后来我改嫁给张汝舟这个渣男，结婚后才发现他图的是我的这些财产，他一直以为我还保有大量古董文物。

彪悍了半辈子，我当然不可能惯着这种人，所以我宁可坐两年牢，也要举报他，要申请离婚。

后世都说什么宋朝讲究纲常礼教，其实，至少在北宋中后期还没那么夸张，范仲淹的母亲是改嫁的，范仲淹和王安石的老婆也是，连皇帝的老婆都有嫁过人的，所以我的改嫁，不能说有什么了不起，倒是打官司主张离婚算是头一遭。

在那之后，对于爱情，我也算是死了心，只是致力于我的创作，但心头那些情绪，愤怒，有时也会抒发一些，比如：



千古风流八咏楼，江山留与后人愁。

水通南国三千里，气压江城十四州。

——〔宋〕李清照《题八咏楼》

庭院深深深几许，云窗雾阁常扃，柳梢梅萼渐分明，春归秣陵树，人老建康城。

感月吟风多少事，如今老去无成。谁怜憔悴更凋零，试灯无意思，踏雪没心情。

——〔宋〕李清照《临江仙·庭院深深几许》（节选）

是啊，江山留与后人愁，直把杭州作汴州。

在我名头最盛的这些年里，前辈风流已尽，后辈英豪未出，什么中兴四诗人，当时还都是初出茅庐的小子。不甘寂寞的我直接拿古人当靶子，开始批评起他们来。

我的文章、诗，写得都不错，但我写得最好的是词，所以要批评前辈，当然是从我最拿手的词说起：

词的历史就不追述了，反正是与乐府同源而异流，很多词牌名往上追溯都是教坊曲名，比如《忆江南》《破阵子》等，到了温庭筠那始见影响，但是无非都是些闺愁春怨，全都是郑卫靡靡之音，到了南唐是一变，进了本朝又是一变。柳永变旧为新，后又有晏殊、欧阳修、苏轼这三位学究天人的大学者出手填词，但他们有些作品，无非是把诗的句式改了一改，就合成了词的样子，也不顾音律是否合适，比如同一首《江城子》，“十年生死两茫茫”何等哀婉，“老夫聊发少年狂”何等狂放，你真让乐工给这两首词放在一个调调里唱，那不是为难人吗？

后来的晏小山，词句章法都不错，但是没有情绪铺垫；贺铸的词又颇见滥觞；黄鲁直倒是没像苏轼那样诗词互用，但是他的词还是继承了一些诗的毛病，比如用典太密；像王安石喜欢居高临下，仿佛给人出了道考题；秦观倒是能把音律配合上，情绪铺垫也对了，但是写来写去，脱不出一股小家子气。

总之就是一句话：本朝各位名家，没一个能打的！

当然，这话其实纯属个人意气之作，而非至正公允之论，但是常人往往有门派之分，师承之论，恭维本门便不敢说前辈的问题，攻击别派又找不出人家的毛病所在，所以也只有我这么一个孤苦无门之人，才能大胆说几句他们的痛处。

只是我这份点评里，也漏了一个人，周邦彦——此人作词格律精纯，法度井然，而且深得音律之妙，可以说把前面几位犯过的错全都规避了，但是他的问题在于，调起高了，杜甫尚且有不少直抒胸臆，意思浅显的作品，他的作品一上来就超出大部分人的审美水平，又不执着于创造千古名句，而是致力于整首词的完美醇熟。

燎沉香，消溽暑。鸟雀呼晴，侵晓窥檐语。叶上初阳干宿雨，水面清圆，一一风荷举。

故乡遥，何日去？家住吴门，久作长安旅。五月渔郎相忆否？小楫轻舟，梦入芙蓉浦。

——〔宋〕周邦彦《苏幕遮·燎沉香》

你看这一句“叶上初阳干宿雨，水面清圆，一一风荷举”，乍见不觉有何高明处，但是细细咂品，能体验到在闷热的夏天傍晚，在荷花池畔行走时邂逅一阵清风的感觉，此之所谓词家语，不能与诗家之理并论。

所以如果单论对词的理解和运用，周邦彦几乎开辟了完整的“词之教科书”写法，对于词的写作已臻化境，只是未能如老杜那般举重若轻。流行程度上，也不比苏轼那种影响力。虽然词人往往认可他的功力，但是终究不像其他人那样能出圈。

但这个时代，还真有一个完美的人。

出生在已是金占区山东的他，从小接受的是父辈指导的爱国主义教育，一心要驱逐金贼，还我河山。二十一岁的他就在北方跟耿京一起组织起义军，可就在他来南宋汇报义军情况，请求南宋朝廷领导义军的时候，耿京被叛徒张安国杀害。他在路上得知消息后，怒发冲冠，只带了五十人就冲进金军大营，擒拿叛徒张安国，然后扬长而去，南下返宋，献俘于陛下阶前，斩奸于临安城外。



可惜，他就像东晋那个梦想着慷慨渡河，克复中原的祖逖，遇到了一群无能又可耻的政客。

他献《美芹十论》与高宗，上《九议》与当年在采石矶大败金军的丞相虞允文，但是由于前几年的隆兴北伐惨败，南宋朝廷此时毫无反击之意。

他在南宋蜊匪，练飞虎军，时刻做好战斗准备，但是，没有人重用他。直到几十年后，开禧北伐之际，他忽受重用，这一次他却力陈不可，最终，这次北伐也大败而归。

那一年是1206年，而早在一年之前的1205年，他登上京口北固亭时，就预料到了这次北伐的结果：

千古江山，英雄无觅，孙仲谋处。舞榭歌台，风流总被、雨打风吹去。斜阳草树，寻常巷陌，人道寄奴曾住。

想当年，金戈铁马，气吞万里如虎。

元嘉草草[1]，封狼居胥，赢得仓皇北顾。四十三年，望中犹记，烽火扬州路。可堪回首，佛狸祠下，一片神鸦社鼓。凭谁问：廉颇老矣，尚能饭否？

——〔宋〕辛弃疾《永遇乐·京口北固亭怀古》

有人说这里他只是借“元嘉草草”讽刺当年他刚回南宋时的隆兴北伐，事实上，他也想借这句诗提醒当时主持北伐的韩侂胄。

不过，毕竟是在南宋，所以整体看来，他最后能不像岳武穆那样被整死，已经算运气好了，他要真参加对金作战，还打出几个胜仗来，只怕……不过我想，或许他宁可如此吧，不然也不会在临死前还要大呼“杀贼”！

当年我们渡江之时，的确有一位大将坚守北方，他就是宗泽，他死的时候，还在大呼“过河”，南宋何幸，有忠臣战将若此，战将何辜，一腔热血空老此间。

只是有勇有谋也就罢了，他还有才，后人都说我是婉约派，他是豪放派，其实我也能写豪放派，他也能作婉约词：



① 指南朝北伐失败的案例。

东风夜放花千树，更吹落、星如雨。宝马雕车香满路。凤箫声动，玉壶光转，一夜鱼龙舞。

蛾儿雪柳黄金缕，笑语盈盈暗香去。众里寻他千百度，蓦然回首，那人却在，灯火阑珊处。

——〔宋〕辛弃疾《青玉案·元夕》

他是真正的大丈夫，他就是辛弃疾。

他甚至还是我的老乡，后人因为我和他的字里都有一个安字，就把我和他并称为“济南二安”。



当然，那时候的我已经不存在了，在我去世的时候，辛弃疾还在北方，当时最有潜力而且已经表现不俗的诗人，还是杨万里和陆游，两人不仅写得好，还写得快，成为行走的“人形作诗机”。

陆游诗词并举，而且作品风格可以很割裂，写到报国之意时，可以是铁马冰河，一片丹心，杀气阵阵，而且因为他自己真愿意从军死战，因此写出了许多连杜甫都写不出来的《从军行》之类的诗词；而他写到生活时，又能细细咀嚼生活中的细节与乐趣，以至于后世的厅堂阁楼用对联，往往从他的诗里摘，比如“重帘不卷留香久，古砚微凹聚墨多”“小楼一夜听春雨，深巷明朝卖杏花”，甚至有过一组诗里风格也能完全分开的：

风卷江湖雨暗村，四山声作海涛翻。
溪柴火软蛮毡暖，我与狸奴不出门。

僵卧孤村不自哀，尚思为国戍轮台。
夜阑卧听风吹雨，铁马冰河入梦来。

——〔宋〕陆游《十一月四日风雨大作二首》

上一联还在火软毡暖，撸猫摸鱼，下一联就无缝切换到了铁马冰河，报国戍边了，听说有人很担心曹植的精神状态，我倒觉得，陆游这个情况恐怕更严重。

但是陆游应该没有撒谎，他的确是上一秒还在享受生活，下一秒就忧心国家大事的人，一边想尽力过好自己的生活，让自己活得快乐些，另一边又是一片丹心，誓扫匈奴不顾身。

可是最终，他既没能报国杀敌，马革裹尸，也没能过好自己的一生，临死的时候，虽然说的是“但悲不见九州同”，可他要悲的事，又岂止于此。

杨万里则不同。陆游写诗的法子叫“法不孤生仗境生”，意思是诗句要根据情境自然生成，所以他反驳江西诗派对着古人的诗整天搞二次创作，以为字句皆有出处就是好。杨万里则提出了“生擒活捉”的写法，这其实和陆游“仗境而生，功夫在诗外”的道理相似。杨万里少年时坚信江西诗派的诗好，学了些年，又不以为然，转而学黄庭坚最看不上的晚唐诗，把两种极端都走了一遍之后，才想明白诗该怎么写，于是自成一家，颇有独孤求败那种少年时用紫薇软剑，中年时用玄铁重剑，晚年大彻大悟后，草木竹石均可为剑，无剑胜有剑的意思。

梅子留酸软齿牙，芭蕉分绿与窗纱。
日长睡起无情思，闲看儿童捉柳花。

——〔宋〕杨万里《闲居初夏午睡起二·其一》



这种即景即情的写法，其实最考较作者的功力，杨万里能写到这个地步，可以说是独步古今，但他的问题也与李白相似，都是随意写的太多，杨万里的诗集后来说是超过万首，比陆游九千七百多首还要多，这种体量的创作，必然会夹杂着许多日记诗、日常诗，这就成了杨万里的缺点。

就好比一位成名的剑客，怎么会一天到晚没事就拔剑呢？

如果没有辛弃疾，这两人的成就在宋诗上无人能敌，但很不幸，辛弃疾的横空出世，不仅让杨陆二人退避词坛，更让后来南宋一代唯一能与周邦彦相提并论的顶级大词人姜夔自动降了一级。

如果没有辛弃疾，陆游的豪放词也可以与苏轼并称，或许“苏辛”就变成了“苏陆”：

当年万里觅封侯。匹马戍梁州。关河梦断何处，尘暗旧貂裘。

胡未灭，鬓先秋。泪空流。此生谁料，心在天山，身老沧洲。

——〔宋〕陆游《诉衷情令·当年万里觅封侯》

我其实一直不喜欢用豪放和婉约这两个词汇来区别词派，比如苏轼、陆游、辛弃疾乃至刘辰翁、张孝祥、陈亮这些人的豪放词，不是同样的豪放，更有不少词，豪放中带着婉约凄凉的意味，而更多的是既不豪放，也不婉约的词。

辛弃疾的词就是这样。

一方面他跟陆游很像，有点精神分裂，写军事、写悲愤、写咏史怀古的词，和写生活的词截然不同，又常常有相呼应的地方。另一方面是他成功地把“以文为词”升级到了最高级，很多辛弃疾写出来的长词，与其说是词，不如说是文：

叠嶂西驰，万马回旋，众山欲东。正惊湍直下，跳珠倒溅；小桥横截，缺月初弓。老合投闲，天教多事，检校长身十万松。吾庐小，在龙蛇影外，风雨声中。

争先见面重重。看爽气朝来三数峰。似谢家子弟，衣冠磊落；相如庭户，车骑雍容。我觉其间，雄深雅健，如对文章太史公。新堤路，问偃湖何日，烟水蒙蒙。

——〔宋〕辛弃疾《沁园春·灵山齐庵赋时筑偃湖未成》

这种风格倒也不是辛弃疾首创，贺铸这种同样能写婉约能写豪放的大词人，写得也很有汉魏六朝人的文章风格。

少年侠气，交结五都雄。肝胆洞。毛发耸。立谈中。死生同。一诺千金重。推翘勇。矜豪纵。轻盖拥。联飞鞚。斗城东。轰饮酒垆，春色浮寒瓮。吸海垂虹。闲呼鹰嗾犬，白羽摘雕弓。狡穴俄空。乐匆匆。

似黄粱梦。辞丹凤。明月共。漾孤篷。官冗从。怀倥偬。落尘笼。簿书丛。鹖弁如云众。供粗用。忽奇功。笳鼓动。渔阳弄。思悲翁。不请长缨，系取天骄种。剑吼西风。恨登山临水，手寄七弦桐。目送归鸿。

——〔宋〕贺铸《六州歌头·少年侠气》

但是得其大成之境的，只有辛弃疾。

辛弃疾将汉赋与古文的技巧融入词中，一篇词往往写得胜过千字长文，句法也灵活多变，比如他填了足足二十四首《贺新郎》，虽然不中音律，也犯了许多前人犯过的错误，比如典故太多太密；总是重复自己的用韵，仿佛给自己增加创作难度；

有些词完全没有铺垫，突然就凌空出句，像“听我三章约”“老大哪堪说”“碧海成桑野”突兀而来，但是胜在气势惊人，情绪激昂，这或许也是周邦彦和姜夔吃亏的地方，要知道，文学作品，就像后人爱看的什么影视作品，书法绘画艺术，有时就是一股气在撑着，越是精雕细琢，着意炼字，往往情绪就越淡，而周姜两人的词，本来情绪就若有若无，要细细品味，这股气自然也就淡了。

把酒长亭说。看渊明、风流酷似，卧龙诸葛。何处飞来林间鹊？蹙踏松梢残雪。要破帽、多添华发。剩水残山无态度，被疏梅、料理成风月。两三雁，也萧瑟。

佳人重约还轻别。怅清江、天寒不渡，水深冰合。路断车轮生四角，此地行人销骨。问谁使、君来愁绝？铸就而今相思错，料当初、费尽人间铁。长夜笛，莫吹裂。

——〔宋〕辛弃疾《贺新郎·把酒长亭说》（节选）

辛弃疾除豪放词之外，还有大量的生活作品，这些词往往也带一些讽刺和牢骚，但是写得非常优美：

三径初成，鹤怨猿惊，稼轩未来。

甚云山自许，平生意气，衣冠人笑，抵死尘埃。

意倦须还，身闲贵早，岂为莼羹鲈脍哉！

秋江上，看惊弦雁避，骇浪船回。
东冈更葺茅斋。好都把轩窗临水开。
要小舟行钓，先应种柳，疏篱护竹，莫碍观梅。
秋菊堪餐，春兰可佩，留待先生手自栽。
沉吟久，怕君恩未许，此意徘徊。

——〔宋〕辛弃疾《沁园春·带湖新居将成》

旁人写豪迈诗词，多有自身豪气五分，写出八分的勉强感，便如苏轼，豪迈诗中也是豁达居多，豪气不足，比如“一蓑烟雨任平生”“休将白发唱黄鸡”，但辛弃疾仿佛整个人就是用豪迈潇洒铸成的，随意挥洒都是豪气，婉约中也带豪气，豪迈中更见不凡。



与其说他这是豪气，不如说他本人就有豪骨，这种挥洒的姿态，千年以降，陶渊明、李白、苏东坡、辛弃疾，四人而已。

醉里且贪欢笑，要愁那得工夫。近来始觉古人书，信著全无是处。

昨夜松边醉倒，问松我醉何如？只疑松动要来扶，以手推松曰去！

——〔宋〕辛弃疾《西江月·遣兴》

后人说他是“词中之龙”，不是说他变化多端，也不是说他英武不凡，而是说他的词仿佛有一条龙骨，正是在此。

其实辛弃疾也比旁人看得开，他有点像韩世忠而不是岳飞，报国有路，就上阵杀敌；报国无门，则骑驴悠游。辛弃疾在带湖买地盖了别墅，享受自己的人生，后来别墅失火，又举家搬到铅山，等到开禧北伐失败，他又被火速起用，但那时的辛弃疾，已经病重，最终英雄一生，无用武之地。

大宋并非没有铁血男儿，只恨无汉武唐宗。

辛弃疾的词当然也有他的问题，比如用典太密、以文赋经典入词，虽如此，但他的词可凭“一力降十会”，他就凭着一股气，稳稳站在南宋词坛之上。

这么一看，我的诗跟辛弃疾许多不那么豪放的作品倒也有点像：

十五年前花月底，相从曾赋赏花诗。
今看花月浑相似，安得情怀似往时。

——〔宋〕李清照《偶成》

我们终究都是被时代裹挟之人，这一腔愤怒，成就了词的豪放。

写到这里，忽然想起北宋末年，徽宗年间，那些荒唐的小日子：

蹴罢秋千，起来慵整纤纤手。露浓花瘦，薄汗轻衣透。见客入来，袜刬金钗溜。和羞走，倚门回首，却把青梅嗅。

——〔宋〕李清照《点绛唇·蹴罢秋千》

常记溪亭日暮。沉醉不知归路。兴尽晚回舟，误入藕花深处。争渡，争渡，惊起一滩鸥鹭。

——〔宋〕李清照《如梦令·常记溪亭日暮》

那时真如梦一般，是我最不经意，却又最值得珍惜的少女时代。

# 十一、元曲二张——兴亡千古繁华梦

这可能是这个系列里最沉闷的一章。

因为这一章，写的是两个最没有名气的人。各位前辈珠玉在前，本不该有他们的份，奈何非说元曲也要有两个名额，总不能把我们“元曲四大家”一起给写进去吧？

说不得，只好让我关汉卿来陪大家聊一聊“元曲二张”。

我是喜欢看戏的，看戏看得多了，常常觉得人生比戏还要精彩，戏往往还要讲逻辑，人生却常常不跟你讲逻辑，尤其是在元朝。

这也是元朝如此短命的原因之一吧。

但就是这样的大元朝，居然也能涌现出爱民如子、为民请命的，明珠般光芒四射的人物，比如张养浩。

张养浩是在没有科举时代的少年入仕的，那时是元世祖忽必烈在位期间，他游玩到山东济南的白云楼，写了一篇《白云楼赋》。这篇赋写得不算高明，至少用词上还大有可以推敲的地方，但拿来给蒙古人看，那就大见不凡了，真要写得骈四骊六，章句华美，恐怕还未必能吸引到这帮大老粗。

山东按察使推荐他当了东平学正，四年不到，二十三岁的他就来到大都当起了“北漂”，同样是靠着文章投谒，平章政事不忽木看了他的文章后大为赞赏，推荐他去了御史台。

这里主要负责的是体制内的监督工作，在大元，这份工作没啥意义，但是油水不少，可以说不忽木是爱惜人才的，给他安排了一个肥缺。

可是张养浩生病后，不忽木来探望他，才发现他家中居然极为朴素！从这一天起，不忽木才真正认识了张养浩。



在大元，像张养浩这样的汉人，仕途走得可想而知的缓慢，少年成名的他熬到三十六岁，才走上县尹的位置，他不以为意，在其位，谋其事，还总结自己的经验，写成了《牧民忠告》。

到三十九岁时，他回到中央，再入监察部门，这次他不是吏，而是官，是监察御史。

他仍然是勤勤恳恳地工作，总结经验，写成了《风宪忠告》。

年过四十的他，按理说也该懂点事了，可他没有，反而不断指出皇帝的问题，终于触怒了皇帝，被贬为平民。他只能隐姓埋名，出走大都，直到仁宗继位，才重新启用他为翰林学士。

四十五岁那年，他和他一生的至交好友，另一位元代大文豪元明善一起推动了大元开国以来的第一次科举考试，网罗天下名士。许多考上的士子上门拜谢，他却说："你们只要将所学用于天下便可，不必谢我。"

英宗在位时，有一年元宵节想要在宫中放灯，张养浩上疏劝阻，英宗本来很生气，但看了他的奏疏，字字句句都是为国为民，便笑着说："除了张希孟，别人谁敢说？"

在中央为官时，他还写成了《庙堂忠告》。三本《忠告》合在一起，就被叫作《三事忠告》。

张养浩怎么说，就怎么干，没有表面文章。倘若百官都能如此，大元朝也不至于百年不到就亡了。

五十一岁的张养浩听说父亲身体不好，便辞官归家，从此他不再做官，朝廷七次下诏书封官，他都辞不就职。

如果故事到此为止，他也不过是个颇有名气的文人，在因缘际会中翻身当了大官。

在他六十岁那年，陕西大旱，朝廷请他去陕西救灾，他毅然起行。

给他提拔到中央他不干，给他位尊品高的京官他不干，给他地方肥缺他不干，让他去赈灾，他想都不想就出发了。

一路上他见到灾民就散发食物，赈给钱财；到了地方就开始赈灾工作，严厉打击谋利行为。路过华山时他还写文求雨，说来也巧，就像韩愈到地方上听说鳄鱼为害，写了一篇文章，鳄鱼就走了，张养浩写完求雨文，老天还真就赏脸下了场雨。

也正是在陕西，他写下了自己的代表作：

峰峦如聚，波涛如怒，山河表里潼关路。望西都，意踌躇。

伤心秦汉经行处，宫阙万间都做了土。兴，百姓苦；亡，百姓苦。

——〔元〕张养浩《山坡羊·潼关怀古》



在陕西四个月，六十高龄的他一直住在官府里办公，直到得了重病而死，死讯传开，关中百姓痛哭。

他死后，朝廷给他追封了一个国公。此后不到四十年，元朝就亡了。

从张养浩的作品看，他从前写的作品，尤其是词曲，都是些闲散小作，忧国忧民的曲很少。而真要论作品，我们四个自问不在张公之下，但他拿出这么一首《山坡羊·潼关怀古》，我们就只能低头服输，不服别的，就服他这个人。

就这么样一个人，居然还有人和他齐名？

有，元曲二张，那个人也姓张，叫张可久。

说张可久有多厉害，那就要先把曲是怎么回事交待一下了，这个我当然有发言权：

所谓一代人有一代人的艺术，唐人诗与乐府逐渐分离，教坊曲也演变成了词，宋人把词卷到了周邦彦、姜夔这个水平，那就不是市民小老百姓能随便欣赏的东西了，其他词人的作品写得倒是不错，可怎么唱？

到了元朝，词曲也分了家，明明都一样是词牌填词，但是词雅曲俗，曲还要讲究音律，尤其是写完整的一套戏曲，还要加旁白，这都是从戏曲中取经学来的，比如我写的《窦娥冤》，白朴的《墙头马上》和《梧桐雨》，马致远的《汉宫秋》，郑光祖的《倩女离魂》。而那些散曲，也有个识别的办法，一是看词牌前面有没有标注双调、南吕之类的乐律。二是直接看内容，内容特别通俗，没怎么见过的生僻词牌，且有不少俗语的，就是曲；内容雅正，与本词牌的常见曲调不合的，就是词，比如以下两首，都是张养浩的作品，相信大家都能区分出来谁是词，谁是曲：



向尊前莫惜醉颜酡。古和今都是一南柯。紫罗襕未必胜渔蓑。休只管恋他。急回首好景亦无多。

——〔元〕张养浩《【双调】新水令·辞官急流中》（节选）

林壑八年闲，吟残山色。无处烟霞不相识。真欢清福，举世谁人曾得。天教分付与，云庄客。

万里侯封，九华仙伯。未必情浓似吾适。扁舟风月，好景初无今昔。遐龄原不在，餐松柏。

——〔元〕张养浩《感皇恩·自寿》

客观说，词不同诗，词曲不分家。词曲甚至都是乐府作品的传承，除非是完整的一套曲子，那种叫杂剧。

杂剧算是后代戏曲的先锋官，春秋战国时便有伶人演戏，唐代有梨园继承人，唐玄宗不仅喜欢听戏，还自己吹笛伴奏，到了五代，后唐庄宗宠幸伶人，甚至给他们封官。



宋朝那就更了不得了，勾栏瓦舍，哪里听不到戏？

但是要论集文学与艺术的大成，元曲传到我们四大家这些人手上才算是开了一代先河：

像我就不说了，无非就是开天辟地，写了些自成一家的杂剧，什么《单刀会》《救风尘》之类的，不过就是元曲第一人，编修新领袖，八十万梨园总教头而已。

俏冤家，在天涯，偏那里绿杨堪系马？困坐南窗下，数对清风想念他。蛾眉淡了教谁画？瘦岩岩羞带石榴花。

——〔元〕关汉卿《大德歌·夏》

白朴更了不得，他小时候和父亲走失，却因祸得福，被大诗人、大词人、大文豪元好问收养，学了一身好本领，以这份身手沉心于曲，简直是降维打击，用我近年看的网络新词汇来说，就是“满级大神来新手村炸鱼”。要不是他自矜身份，不与俗人多往来，恐怕我这“八十万梨园总教头”至少得删掉一个“总”字。

从他的词作看，也能看出他对人世往来没什么兴趣：

孤村落日残霞，轻烟老树寒鸦。一点飞鸿影下。青山绿水，白草红叶黄花。

——〔元〕白朴《天净沙·秋》



而从他的散曲作品看，他更是一心以归隐江湖为乐，傲视公侯，他这一辈子也没任过一官半职：

黄芦岸白蘋渡口，绿杨堤红蓼滩头。虽无刎颈交，却有忘机友。点秋江白鹭沙鸥。傲杀人间万户侯，不识字烟波钓叟。

——〔元〕白朴《【双调】沉醉东风·渔夫》

再说郑光祖，他虽然当过官，但不会来事儿，这在官场上是把路给走窄了，后来他在杭州当了小官，干脆消极避世，整日流连楚馆秦楼，听人家唱曲唱多了，就琢磨着自己写几个，他还真有些天赋异禀，一上手就学明白了，写出了《倩女离魂》。

最后一个马致远，可能大家对他更熟悉些，他外号“马神仙”，喜欢写神仙故事，《吕洞宾三过岳阳楼》《西华山陈抟高卧》都是他写的，写神仙故事好处就是台词怎么夸张都没事：

想那等尘俗辈。恰便似粪土墙。王弘探客在篱边望。李白扪月在江心丧。刘伶荷锸在坟头葬。我则待朗吟飞过洞庭湖。须不曾摇鞭误入平康巷。

——〔元〕马致远《吕洞宾三醉岳阳楼·么篇》



听说他的一首词被选进了现代教科书，他高兴啊，跑来我们面前炫耀。白朴和郑光祖只能干瞪眼，我则不慌不忙拿出了我的《窦娥冤》，告诉他，我这曲被节选了一章进去。马致远一听，也就陪着他俩一起喝闷酒了。

按说我们元曲四大家这个傲视群雄的地位，当时也就乔吉和高明勉强能与我们一斗。

乔吉此人，精熟音律，不入仕途，喜欢写才子故事，比如杜牧、李太白的故事，跟张可久齐名，很有些元朝版柳永的味道：

不占龙头选。不入明贤传。时时酒圣，处处诗禅。烟霞状元。江湖醉仙。笑谈便是编修院。留连。披风抹月四十年。

——〔元〕乔吉《正宫·绿么遍·自述》

高明就反过来了，他是进士出身，晚年辞官归隐，潜心创作《琵琶记》，此戏一出，轰动梨园，戏班子都在演这部戏，所谓“十年窗下无人问，一举成名天下知。”轰动的原因也很简单，虽然大家对自己的作品都有要求，但是高明对自己的要求最严格，因为他完全不用靠戏吃饭，他就是单纯地想写一本技术水平很高，用词文雅的戏。



飞絮沾衣，残花随马，轻寒轻暖芳辰。江山风物，偏动别离人。回首高堂渐远，叹当时，恩爱轻分。伤情处，数声杜宇，客泪满衣襟。

——〔元〕高明·戏文《蔡伯喈琵琶记·满庭芳》

我之前说元朝杂剧上承唐宋传奇，下开明清戏曲，那么高明就是元末推动杂剧戏曲化，雅俗并举的“南戏之祖”。当时跟《琵琶记》齐名的还有《西厢记》，但是这部戏可比高明的戏出来还早得多，而且传唱甚广，是那种好孩子们都要偷偷借来看的“好东西”。

碧云天，黄花地，

西风紧，北雁南飞。

晓来谁染霜林醉？

总是离人泪。

——〔元〕王实甫《正宫·端正好》



从水平上看，王实甫凭一部《西厢记》完全够水准进入我们元曲四大家，这么一来，有资格竞争元曲四大家的，有七个人。

和马致远关系不错，留存作品数量也是元朝第一人的张可久除外——他如果加入竞争完全就是另一种程度的降维打击。

他跟郑光祖有点相似，都是沉沦下僚，但又不同，他的名声在活着时就很高，活着时就有散曲作品集问世，这在我们这些靠杂剧扬名的人看来是非常神奇的，如果说张养浩写出的《山坡羊·潼关怀古》让我们为之束手，是因为他身在其位，句合其德的话，张可久的曲，就是凭一种巧妙的定位，写出了亦词亦曲，让人无法超越的曲类作品：

兴亡千古繁华梦，诗眼倦天涯。孔林乔木，吴宫蔓草，楚庙寒鸦。

数间茅舍，藏书万卷，投老村家。山中何事？松花酿酒，春水煎茶。

——〔元〕张可久《人月圆·山中书事》

前面也说了，真正独立的曲是杂剧，是围绕着故事的文学创作，但张可久在雅俗之间找到了一个巧妙的平衡点，如同找到了词与曲之间的黄金分割点，他的曲有韵味，有深度，不依赖主题，也不依靠故实，纯凭一股活泼泼的灵气流走其间，很有杨万里的味道。

要说有什么不足，则是写来写去，许多句子词语不脱古人面貌：

对青山强整乌纱。归雁横秋，倦客思家。翠袖殷勤，金杯错落，玉手琵琶。人老去西风白发，蝶愁来明日黄花。回首天涯，一抹斜阳，数点寒鸦。

——〔元〕张可久《折桂令·九日》

是不是感觉每一句都像是古人写过的？

说来也怪，由唐诗到宋词，其间章法明晰，传承清楚，流派井然，但从词到曲，仿佛就是一笔糊涂账，它既有为后世小说话本乃至弹词张目的作用，又和诗词息息相关，其起处如奇峰陡起，其息处似悬瀑飞流，连个来龙去脉都交代不明白。

其实不是曲神出鬼没，而是因为曲的前身后身都变了模样，就像春蚕化蝶，面目全非，而且曲的出现与演变都不是单一的路径，乐府加上传奇，配合了宋代的散曲杂剧，再经过元朝百年发展，将传奇、折子戏、南戏发扬光大，变为明清的戏曲。

说得直白点，词未必是梨园事，曲却脱不开梨园的背景。

所以，与其说我们聊的是元曲二张，还不如说我们聊的是元曲这么个忽然而来，又忽然而去的时代。



后人也有写得不错的，比如有个叫汤显祖的，写了本《牡丹亭》；有个叫洪升的，写了本《长生殿》；有个叫孔尚任的，写了本《桃花扇》。

原来姹紫嫣红开遍，似这般都付与断井颓垣。良辰美景奈何天，赏心乐事谁家院！

——〔明〕汤显祖《牡丹亭·惊梦·皂罗袍》（节选）

后来徽剧、京剧、昆曲纷纷兴起，还有个叫李渔的写了部《闲情偶寄》，单讲戏曲的专业知识和审美。

再后来，似乎后世没有意识到任何表演形式都需要与时俱进，戏曲慢慢地沉寂了下去。

我们几个有时也会去看现代人演的戏，比如舞台剧、话剧，也会去听各种戏曲和曲艺表演，比如山东大鼓、快板、唱武二的，都能听能看，有时也会为那么几句拍手称快，拍案叫绝：

他教我，收余恨、免娇嗔、且自新、改性情，休恋逝水、苦海回身、早悟兰因。

——翁偶虹《锁麟囊》（节选）

但是似乎，再也没有那样一个名家辈出，名剧不断，人人都能哼几句的时代了。相比之下，诗词的生命力强盛许多，或许，这也恰恰是诗词至今也没什么大改变的原因。

当然，这倒也没啥，换我到这个年代，我也绝不会再按老路子写什么杂剧的，一个时代，有一个时代的作品，怀旧的永远是人，前进的是时代。

# 十二、朱王袁赵——负尽狂名五十年

诗道也要中兴。

这事可能就着落在我身上了。

我，龚自珍，要中兴诗坛。

诗坛太寂寞了，自宋末姜夔以来，数百年都没有新的领袖了。

元朝倒也不是数不出来人，比如贯云石、赵秉文，如果把北方文坛盟主元好问也算进来的话，也不是没有人，唐温如的一句“醉后不知天在水，满船清梦压星河”，算是整个元朝最美的意象，但大元没有风潮，也没有真正绝顶的大宗师。

到了大明，才子倒是不少，大明三大才子，吴中四大才子，前七子，后七子，也出过钱谦益这种文坛盟主，就是偏偏出不来一个承前启后的大诗人。明初高启或许有机会，他的诗法不拘一格，作品丰富多样，有点儿像苏轼，什么作品都能写，都会写。他的作品集包含古风、格律、词、琴操、骚体、六言等体裁，可以说只要世间有的体裁，他就都会写，而且水平不俗：

渡水复渡水，看花还看花。

春风江上路，不觉到君家。

——〔明〕高启《寻胡隐君》

可惜他四十岁不到，就死于非命。[①]

后来明朝流行了一段时间的台阁体，有点梦回大唐的味道，但是板正无趣，李东阳看不惯这一套，提出的解决方案却让这种现象变本加厉——他主张更加细致地讲究声韵字词，搞出了一个“茶陵派”，写诗也要讲门派，就写不出什么好东西了。

到了明朝中期，出现了所谓前七子，这伙人的代表人物叫李梦阳，同样走的是宋初矫枉过正的路子，主打一个情调，直接从大雅到大俗，当然，这个大俗，指的可不是打油诗那种俗，而是不追求台阁体那种古板气。

嘉靖时代，又兴起了后七子一派，带头的也姓李，叫李攀龙，跟他齐名的还有大才子王世贞，这一派主张更奇特，可能是知道自己打不过唐宋，干脆避而不战，甚至在文章上直接主张师法汉代以前，认为汉以后就没有好文章了。

后来这种圈出一小块地开宗立派的就多了，什么公安派、



① 因作《郡治上梁文》被朱元璋疑心大逆不道，被处以腰斩之刑。此事见于《明史·高启传》。

竟陵派，混在一块，到处都是名家才子。但是他们这么多流派，这么多风格掺杂在一块，也没有几首传唱极广的诗出来，仿佛一台戏，鼓点密集，伴奏激昂，偏偏台上的戏子唱得十分平淡，像唐伯虎、杨慎、徐渭这样的才子，自己的传奇故事倒比诗作更加出名。

反倒像戚继光这样的武将，于谦这样的非著名诗人，却有两首不错的作品传世：

小筑暂高枕，忧时旧有盟。
呼樽来揖客，挥麈坐谈兵。
云护牙签满，星含宝剑横。
封侯非我意，但愿海波平。

——〔明〕戚继光《韬钤深处》



明末之际，国破家亡，天下动荡，终于养出了一些英雄气，代表人物有张煌言、夏完淳、顾炎武、黄宗羲、王夫之、吴梅村。

吴伟业，号梅村，明代最后一位大诗人，清代第一位大诗人。此公为崇祯帝提拔，年轻时学白居易。白居易擅元和体和长庆体，吴伟业有自成一派梅村体，代表作是与《长恨歌》对应的长诗《圆圆曲》，一句“恸哭六军俱缟素，冲冠一怒为红颜”，直接奠定了他的地位。只是晚年迫于清廷压力，北上就职，为文人集团鄙夷。

但也有很多人也能同情理解他，一方面是知道他生计艰难，另一方面也是因为他的作品的确上乘，毕竟比起那个嘴上说要殉国，转头主动投降的钱谦益，吴梅村还是强太多。

爱好写诗的乾隆做皇子时就极喜欢他的作品，到处搜求，汇集成编，还题诗一首：

梅村一卷足风流，往复披寻未肯休。
秋水精神香雪句，西昆幽思杜陵愁。
裁成蜀锦应惭丽，细比春蚕好更抽。
寒夜短檠相对处，几多诗兴为君收。

——〔清〕乾隆《题吴梅村集》



顾黄王三位是思想家、大学问家，但是顾黄两位没有朱熹在诗里谈道学的毛病，诗词里的丈夫气和名句也不少。顾炎武在明亡之后，一方面积极参与复明，一方面研究天下郡国、山川形势、人物风土，考证古人经义，由此发展出后来的整个乾嘉学派。他兴趣广泛，诗道只是他的寄兴之趣，但写出的一些诗句仍可瞥见他的功力与志气，比如“十年天地干戈老，四海苍生痛苦深”“天地存肝胆，江山阅鬓华”，以及下面这首：

愁听关塞遍吹笳，不见中原有战车。
三户已亡熊绎国，一成犹启少康家。
苍龙日暮还行雨，老树春深更著花。
待得汉庭明诏近，五湖同觅钓鱼槎。

——〔清〕顾炎武《又酬傅处士次韵·其二》

黄宗羲和顾炎武相比，思想更见高深，我看哪怕在我死后百年，也还是有人在学习他的思想。他的诗却不见多少思考上的深度，反倒有一股子直爽味，很对我的脾胃：



锋镝牢囚取次过，依然不废我弦歌。
死犹未肯输心去，贫亦岂能奈我何！
廿两棉花装破被，三根松木煮空锅。
一冬也是堂堂地，岂信人间胜著多。

——〔清〕黄宗羲《山居杂咏》

大抵是他们给清诗打下了一个不错的基础，清诗后来发展的速度和力度都非常惊人，清初就迎来了大名鼎鼎的三位大家：朱彝尊、陈维崧和王士祯。

陈维崧是大词人，也是阳羡派的开山祖师，朱彝尊则是浙派诗词开山祖师之一，两人在词上齐名，像李杜一样交好，一起合刊发行了《朱陈村词》。两位大家联名发刊的，之前似乎只有元白二位的唱和集子。

当时结社成派，也是一种诗坛风气，当然，在我看来，这分明就是拿诗当幌子，在拉帮结派，成群结党，互相提携唱和。

不过，对于朱陈二人来说，至少这样的诗坛表面上是极热闹的，前辈有吴伟业，同辈有和朱彝尊并称浙派领袖的查慎行，有和朱彝尊在诗上齐名，并称南朱北王的王士祯，有与纳兰性德相唱和的顾贞观，也有因为科场舞弊案不幸被流放宁古塔的吴兆骞，晚辈则有纳兰性德。

纳兰性德跟他们不在一个圈子里，毕竟他是正黄旗出身的满人，后来吴兆骞被人诬陷科场作弊，诏至京师复试，一路上表现淡定的他，没想到在京师的复试居然是一群武士在旁监视，刀斧林立之中，他最终未能完成考卷，因此被流放。

他的好朋友顾贞观想要营救他，到处请托，最后因为去了大学士纳兰明珠家里当老师，结识了纳兰性德。顾贞观起初求他帮忙，纳兰性德没太放在心上，后来看到顾贞观要寄给吴兆骞的两首词，才深受感动：

寄吴汉槎宁古塔，以词代书。丙辰冬，寓京师千佛寺，冰雪中作。

季子平安否？便归来，平生万事，那堪回首！行路悠悠谁慰藉，母老家贫子幼。记不起、从前杯酒。魑魅搏人应见惯，总输他、覆雨翻云手。冰与雪，周旋久。

泪痕莫滴牛衣透。数天涯、依然骨肉，几家能够。比似红颜多命薄，更不如今还有。只绝塞、苦寒难受。廿载包胥承一诺，盼乌头、马角终相救。置此札，兄怀袖。

我亦飘零久。十年来、深恩负尽，死生师友。宿昔齐名非忝窃，只看杜陵穷瘦。曾不减、夜郎僝僽。薄命长辞知己别，问人生、到此凄凉否。千万恨，为兄剖。

兄生辛未吾丁丑。共此时、冰霜摧折，早衰蒲柳。词赋从今须少作，留取心魂相守。但愿得、河清人寿。归日急翻行戍稿，把空名、料理传身后。言不尽，观顿首。

——〔清〕顾贞观《金缕曲》二首



纳兰性德是词中大家，见了这两首词，潸然泪下，立马答应顾贞观全力营救吴兆骞，包他十年内就能回来，顾贞观说："十年太晚，请在五年之内办到吧。"

五年后，吴兆骞的确回来了，但没过几年就去世了。纳兰性德也英年早逝，顾贞观从此闭门绝交，专心读书。

纳兰容若的词集叫《饮水词》，又叫《侧帽集》，后人直接叫它纳兰词，算是宋末以来，最出名的词人代表。他的词，有狂放不羁的，也有哀婉凄凉的，两种风格都能写出自己的特色，像是一个瘦弱贫瘠的寒士作狂放凄凉语，因此字里行间颇有反差感。他写的词句，结构独特，浅薄的人看了不觉得深奥，学识深厚者看了也不会觉得浅白，传唱后世的名句也不少，算得上是明清两代的词坛第一人：

飞絮飞花何处是，层冰积雪摧残。疏疏一树五更寒。爱他明月好，憔悴也相关。

最是繁丝摇落后，转教人忆春山。湔裙梦断续应难。西风多少恨，吹不散眉弯。

——〔清〕纳兰性德《临江仙·寒柳》



写词上与他齐名的陈维崧和朱彝尊两人，传唱度加一块儿也比不上他。

陈维崧的词风和纳兰性德的有一点像，很瘦，但比纳兰的狂放语还要更硬些，用词上有酸、冷、硬的冲击感，后来一次聚会，他说自己也上了教材，虽然只是选修：

秋色冷并刀，一派酸风卷怒涛。并马三河年少客，粗豪，皂栎林中醉射雕。

残酒忆荆高，燕赵悲歌事未消。忆昨车声寒易水，今朝，慷慨还过豫让桥。

——〔清〕陈维崧《南乡子·邢州道上作》

朱彝尊少年辛苦，结交各路诗人名家，以诗文名于世，未经科考，直接应试博学鸿词科，这是一场政治作秀，圣祖皇帝知道天下文人大半暗通反清之人，因此举办这样一次特别科举，让各地举荐没有功名的知名文人，借此笼络文坛领袖，以安抚文人。

顾炎武、李颙、吕留良都被举荐了，都没去参加考试，朱彝尊去了，由布衣直入翰林院，后来入选纂修《明史》，出入南书房，提拔自己的亲戚查慎行。

那时候的文人之间，互相吹捧，你的词集我来写序，我的文集你来作注，没事就搞个什么雅会，动不动就唱和应酬，但完全看不出唐宋诗坛那种传奇聚会上迸发出的天才碰撞，像朱彝尊、查慎行、梁佩兰、洪升、王士祯、屈大均这么一批当代诗家往还来去，居然连一首稍有传奇水平的诗词作品都没有，还不如顾贞观和纳兰性德偶尔迸发出的光芒。

与前面两位相比，和朱彝尊并称南朱北王的王士祯，词还算一般，但是诗的确很有水平，他写诗讲究神韵，神韵这种说法，有点缥缈，大抵就是要有禅意，要有一种“不著一字，尽得风流”的味道，但是王士祯自己也没有达到这种境界。

即便如此，仍然有人认为如果只能从清朝选一位诗人和一位词人的话，王士祯和纳兰性德得票率将会是毫无疑问的第一，哼，我说的是人气投票。

寒雨秦邮夜泊船，

南湖新涨水连天。

风流不见秦淮海，

寂寞人间五百年。

——〔清〕王士祯《高邮雨泊》



这股诗坛新风一路吹来，可以说形势一片大好，但是实际上，这些人中除了纳兰性德自成一派，吴伟业功力略深，其余众人就像被困在网中的鸟，虽然极力挣扎，却突不破古人的藩篱，诗坛上人气倒是旺盛，可佳作极少，充斥着各种应酬唱和的酸臭味，敷衍之意不绝于目。

陆游和杨万里写了一万多首，有些作品不够精也能理解，王、朱、陈三人，作品多的也就两千多首，少的一千多首，不说和李杜、苏辛比精品率，就算跟第二梯队的诗人们比，好的作品也嫌太少了些。

后来我和赵翼聊起这事，比较新潮的他说："或许诗坛走到这一步，已经不得不靠人海战术，以量变引发质变了。"

赵翼，是我今天要说的第二对主角之一，跟他一起做主角的，是袁枚。

这两人在写诗上同属一派，叫作性灵派。

在当时，乾嘉诗坛上有王士祯死后仍在活跃的神韵派和袁枚主导的性灵派，同时，由朱彝尊和查慎行领衔的浙派活跃在江浙和京城，还有翁方纲主张的“肌理说”，沈德潜主张的“格调说”，几派人最终组成了乾嘉体诗。

所谓性灵派，讲究的是真情实感，袁枚就认为写诗有笔性灵和笔性笨两种，基本上又可以追溯到杨万里那一套，袁枚在此基础上，还赋予诗以独特的视角和逻辑，看袁枚的诗就能看出些端倪：

莫唱当年长恨歌，人间亦自有银河。
石壕村里夫妻别，泪比长生殿上多。

——〔清〕袁枚《马嵬》



千古以来写马嵬坡的，无不感慨于唐明皇和杨贵妃的情真意切，虽然也有李益等人说“世人莫重霓裳曲，曾致干戈是此中”，但鲜有人把杜甫写石壕村的惨况与之联系起来，形成一种极强烈的反差对比。

江山也要伟人扶，神化丹青即画图。
赖有岳于双少保，人间始觉重西湖。

——〔清〕袁枚《谒岳王墓》

西湖的景并非独步天下，但是有了苏白、岳于、武松和苏小，它的地位，就完全不同了。

几十年前，他约我们聚会，说自己有一首诗入选了小学教材，后来去看，发现是一首简单的小诗：

牧童骑黄牛，歌声振林樾。
意欲捕鸣蝉，忽然闭口立。

——〔清〕袁枚《所见》



性灵派就是这样简单，“所见即所得”。这种诗看起来很简单，但是很考究功夫，所以袁枚自己也说：

爱好由来下笔难，一诗千改始心安。
阿婆还似初笄女，头未梳成不许看。

——〔清〕袁枚《遣兴》

乾隆年间的文人还有一个奇怪的爱好，写鬼故事，跟《聊斋》的风格还不同。纪晓岚写《阅微草堂笔记》，袁枚写《子不语》，虽然两本书都没有《聊斋》的名声大，但其实后世很多著名的志怪故事都是从这两人的书里出来的。

袁枚一生主要在各地当知县，虽然官声不错，颇有政绩，但仕途上却难有寸进，于是干脆在三十四岁那年退下来开启养老模式，住进了随园。

官场不得意，袁枚自然希望能在文坛留名，他不仅致力诗词，像鬼故事、随园食单、诗话，他是能写的都写，似乎有点想当苏东坡第二的意思。但是跟苏轼的差别，大概就是苏轼是想让什么火起来就能让什么火起来，他却是什么东西火，就去接触什么。

不过从作品看来，袁枚至少心口如一，心里怎么想的，笔下就怎么写，这种写法，其实考验的不是理论，而是才气。

同样是性灵派的高手，赵翼不仅才气高，口气还很大。在诗词界，他居然放话要革李白、杜甫的命：



李杜诗篇万口传，至今已觉不新鲜。
江山代有才人出，各领风骚数百年。

——〔清〕赵翼《论诗五首·其二》

看他写的论诗，风格上明显跟元好问的论诗很像，但才力相对有限，用词文字上就不如元好问那样雅致，胜在气势很足。尤其讽刺别人，直接说是“矮人看戏”，很有贺知章当年的风范[①]。

① 贺知章为浙江绍兴人，当时长安人士为汉人，称贺知章等江南人为吴人，较为歧视，贺知章性格狂烈，直接写诗反讽：钑镂银盘盛蛤蜊，镜湖莼菜乱如丝。乡曲近来佳此味，遮渠不道是吴儿。

也可以说，赵翼和袁枚都有点要在诗坛上求新求变的意思，或许是他们都感受到了诗坛中弥漫着一股陈腐的味道。虽然整个乾嘉年间的诗人数量加一块，可能比整个大唐的诗人都多，但是这么多人挤在一起，写来写去，却写不出几首新东西。

赵翼在另外一首诗里点评杜甫和几个学习杜甫风格的人，就能看出他的意思：

学诗必学杜，万口同一噪。
连城有真璧，未可珷玞冒。
呜呼浣花翁，在唐本别调。
……
迨明李何辈，但摹而目肖。
彭亨鼓蛙怒，咆勃奋虎啸。
——〔清〕赵翼《题陈东浦藩伯敦拙堂诗集》（节选）

赵翼说别人学古人诗是“蛙怒虎啸，徒有其表”，但他自己的求新求变，也只停留在用字不群之上，譬如上面这首诗，写到后面，有一句“得皮兼得骨，在神不在貌。缅昔老拾遗，入蜀诗益爆。”用“爆”形容诗的，往古人诗中也只找得出一两句冷门的而已。

大概两人都是功力不足，但有意引领诗坛变革，因此算是惺惺相惜，赵翼一见袁枚就很高兴，但相比刘禹锡初见白居易写的作品，或者是纳兰见顾贞观写的词，差距简直不可以道里计了：

不曾识面早相知，良会真成意外奇。
才可必传能有几，老犹得见未嫌迟。
苏堤二月春如水，杜牧三生鬓有丝。
一个西湖一才子，此来端不枉游资。

——〔清〕赵翼《西湖晤袁子才喜赠》



所以乾嘉一代诗人，前有朱王，后有袁赵，如果打群架，他们人多势众，但要搞一个诗坛论道，可能大唐初随便找几位成名的诗人，就能打得整个乾嘉一派俯首认输，有鉴于此，也只能是我站出来接受挑战了。

说起来，也不是只有我一个能打的，如果单论作品的巅峰水准，前辈里像王士祯、纳兰性德，甚至名气不是很大的蒋士铨也都有一战之力：

不写晴山写雨山，似呵明镜照烟鬟。
人间万象模糊好，风马云车便往还。

——〔清〕蒋士铨《题画》

但是真要比试的话，他们也就跟南宋四灵派那几位差不多[1]。

真要有一战之力的，可能还数黄仲则。

仲则名叫黄景仁，是黄庭坚的后代，也是个少年才子，但是迫于生计，早早就为了一点俸禄疲于奔命，他生在高祖乾隆年间，高祖还没退位，他就已经去世了。

他的诗，把本朝自吴伟业以来的一些风格都汇聚起来了，有丈夫语，有凄凉语，更有真情语，可以说是集大成者，招数之多之精，旁人只能叹服，譬如这一招“以景入情伊人去”学自李商隐的《无题》：



几回花下坐吹箫，银汉红墙入望遥。

似此星辰非昨夜，为谁风露立中宵。

缠绵思尽抽残茧，宛转心伤剥后蕉。

三五年时三五月，可怜杯酒不曾消。

——〔清〕黄景仁《绮怀十六首·其十五》

---

① 四灵诗派：即江湖派，南宋末年的诗派，代表人物为南宋四位浙江永嘉籍诗人，徐照（字灵晖）、徐玑（号灵渊）、翁卷（字灵舒）、赵师秀（号灵秀）。因四人字号中都有一“灵”字，故名四灵。在江西诗派之后，四灵领导的江湖派是另一股势力，反对江西诗派的用典资书，主张白描捐书。

再譬如这一招“书生薄命”学自：

仙佛茫茫两未成，只知独夜不平鸣。
风蓬飘尽悲歌气，泥絮沾来薄幸名。
十有九人堪白眼，百无一用是书生。
莫因诗卷愁成谶，春鸟秋虫自作声。

——〔清〕黄景仁《杂感》

只恨天不假年，否则以他这等身手，真到了诗坛论道的那一天，定是本朝的主力。

同辈中人，从名声上来说，我的同窗，写出了《海国图志》的魏源也不弱，但为他提供素材的那个睁眼看世界的林则徐，诗才或许更高：

送我凉州浃日程，自驱薄笨短辕轻。
高谈痛饮同西笑，切愤沈吟拟北征。
小丑跳梁谁殄灭，中原揽辔望澄清。
关山万里残宵梦，犹听江东战鼓声。

——〔清〕林则徐《次韵答陈子茂德培》

当然，他俩都高不过我，毕竟，我才是那个诗坛中兴的天选之人。

我的父亲、爷爷、外公都是达官贵人，文采极高，外祖父更是乾嘉学派中有数的大宗师段玉裁，我的思想水平也很高，年轻时就写出了不少很有远见的作品，但我的命运不太顺。

我十九岁时，第一任妻子就因为庸医误诊而死。到我三十多岁时，我才考过会试，有机会上书言事，想到国家多事，我自然是大量上书抨击时政。

自白莲教之后，朝廷已经是外强中干。朝中之人，庸庸碌碌，全都明哲保身，坐等国家衰亡。现在我上书言事，又嫌我多事，把我排挤出去，那我就走呗，走归走，但我还是要写，足足写了三百一十五首诗，汇成一集——《己亥杂诗》。



九州生气恃风雷，万马齐喑究可哀。

我劝天公重抖擞，不拘一格降人材。

——〔清〕龚自珍《己亥杂诗·其一二五》

绝域从军计惘然，东南幽恨满词笺。

一箫一剑平生意，负尽狂名十五年。

——〔清〕龚自珍《漫感》

我的招数倒没有黄仲则那么全面，就是一招侠气，讲究箫心剑意：

不是逢人苦誉君，亦狂亦侠亦温文。
照人胆似秦时月，送我情如岭上云。

——〔清〕龚自珍《己亥杂诗·其二十八》

《已亥杂诗》刚写完，就赶上了抗英大战，紧接着是大清沉沦的开始。两年之后，我打算辞去杭州紫阳书院的教职去上海参加抗英斗争，然而就在这一年，我突发急病，死在了丹阳。

我这辈子，写诗、写文、参禅、论政，到头来也只是“一箫一剑平生意，负尽狂名十五年”。



沉沉心事北南东，一睨人材海内空。
壮岁始参周史席，髫年惜堕晋贤风。
功高拜将成仙外，才尽回肠荡气中。
万一禅关砉然破，美人如玉剑如虹。

——〔清〕龚自珍《夜坐二首·其二》

但我倒不是后悔难过，让我再来一次，无非就是再重复一次我的人生罢了。

如果说有什么让我高兴的，可能就是我不仅推动了诗坛改革，也推动了思想解放，能成为这样的先驱，比争那些虚名更值得高兴：

浩荡离愁白日斜，吟鞭东指即天涯。

落红不是无情物，化作春泥更护花。

——〔清〕龚自珍《己亥杂诗·其五》

毕竟，诗道再高，高不过家国天下，只恨我这一辈子，终究未能为这家国天下多尽几分力。想一想林则徐，少写几首诗又如何，明明虎门销烟有功，广东抗英有功，却被朝廷发配西域，他不抱怨，回来时还不忘把在西北整理的资料交给左宗棠，助他平定西北。他真正做到了自己说的那一句："苟利国家生死以，岂因祸福避趋之。"

诗坛的改革最终无以为继，后来赵翼还调侃我，说诗坛陷入了漫长的中世纪。

那个时候，我还不懂什么叫中世纪，后来懂了，想想他说的还真挺对，在诗坛的中世纪里，我们不是但丁，只能期待着文艺复兴的那一天，而所谓的复兴，不是传承，而是创新，只是到底会新成什么样子，我们都无法预料了。

# 十三、再见苏黄——河山终古是天涯

诗坛是越来越让人看不懂了。

譬如我要选古今十大诗人，既然是我选，必要有我的标准，然而旁人都选的，历代必选的，我若不选，便仿佛是我没了见识，失了公允。

但诗如何有公允可言？

有些人便想着皆不得罪，皆大欢喜，别人选的便都选进来，多些润笔，再于字缝中夹杂些自己喜欢的，便算带了私货，只是不免让下一位文抄公多废些笔墨。

于是一选再选，有时一部选集，要凑满一百零八人，搞成所谓点将录，只恨施耐庵偷懒，何不写成三百六十人？如此这些点将录之作者，也能凭此书多列入些当代俊彦，偶尔酒会相逢之际，还可借此破冰。

以此看来，诗坛的人才是一年比一年多，佳作却是一年比一年少。

对人物点评上也是一样。于古人，他们不敢不选，便不敢不夸；于今人，反倒可以大肆批评，许是他们名份未足，反正大多数诗人与艺术家，总要死了才有人称赞的。

说今人更有一个好处，便是以此结党，仿佛成群结队，便真能见声势浩荡。

所以我选当代诗人，只主讲两个能脱当代习气的人物，就是苏黄，不是苏轼与黄庭坚，而是苏曼殊与黄遵宪。

清末民初之际，东洋学生捧苏曼殊，西洋学生捧黄遵宪，东洋学生说西洋学生离经叛道，西洋学生就说东洋学生抱残守缺。

黄遵宪固然打破旧诗枷锁，但苏曼殊如何不是逾越了前辈藩篱？其余许多诗人与其说是诗人，不妨说是诗人家，便如许多作家，与其说是作家，不妨叫作作家家，于创作一道，他们并不能别出心裁，更无力在前人基础上发扬光大，但指点文坛江山，批评各家得失，却是娓娓而谈，妙语连珠，颇见宗师气度，仿佛数万高僧中，有一两人呵佛骂祖得了道，他们也便能靠着这样得道，却不肯想着那数万人参悟苦修的道理。

他们写出的作品，每每也能看到前辈们的影子，只是影子不免太多，于是遮盖了他们自己，便如宋朝的江西诗派，抄人家的诗，写错了一两字，后人还以为也是点铁成金之作，是修改了古人诗作中写得不好的地方，绝不会以为是抄错误记。

而且他们的诗中，全见不到当今的世界，写来写去，都好似在古人的句子里做排列组合游戏，便如古人的世界仍在眼前，浑然看不出今古之区别。

但要说这些人学艺不精，却又不然。自从写诗不怎么好，却连着写了四万首的清高宗继承家训，大兴文字狱以来，噤若寒蝉的文人们诗文俱不敢多写，经济学里说过剩的资金总要有个流向，这些文人过剩的创作力也总要有个去处，譬如纪晓岚和袁枚写鬼故事，写食谱，写诗话①，大部分文人则将精力放在前人作品整理、分析、注释上，甚至发展到了考证学上，也就有了专注训诂考证的大团队。他们未必写得出高明的作品，但当真研究了不少文人，只是今人往往直接全盘接纳了这些大家的观点，没了自己的主见，聊起文学家时，字字句句，都是旁人的观点看法，这倒是与他们的作品颇为相似。

正因如此，苏黄二人能脱离诸派习气，才更见难得。

黄遵宪的诗词功底不错，但是起先并没有着力于此，直到他随大使出国，先赴日，再赴美，深为列国发展所震撼，也深痛于华人被列强歧视，在政治上更加倾向洋务派，也主动写了一本五十万字的《日本国志》供领导参考，政治上他虽然没有反意，文学上却有了革命的思想与火种，率先提出了“诗界革命”，可以说是清末诗坛的革命党。

黄遵宪的革命，跟历朝历代的诗词革命都有些相同之处，尤其像北宋的梅尧臣，坚信矫枉必须过正，他不认可清人那种



① 指评论诗词和诗人的作品。

把训诂学融入诗词中的做派，就故意把诗词写得十分浅白，几乎可以说是白话诗的先锋，还故意在诗中写入大量国外的事物，譬如：

别肠转如轮，一刻既万周。
眼见双轮驰，益增中心忧。
古亦有山川，古亦有车舟。
车舟载离别，行止犹自由。
……
钟声一及时，顷刻不少留。
虽有万钧柁，动如绕指柔。
……
所愿君归时，快乘轻气球。

——〔清〕黄遵宪《今别离》（节选）

其实他不刻意浅白和引入新词汇的时候，写得作品就能看出底色，也更能见到他的想法：

寸寸山河寸寸金，侉离分裂力谁任，
杜鹃再拜忧天泪，精卫无穷填海心。

——〔清〕黄遵宪《赠梁任父同年》

而且因为开眼看世界，他偶尔也会有一些神奇的想法，比如：

星星世界遍诸天，不计三千与大千。
倘亦乘槎中有客，回头望我地球圆。
——〔清〕黄遵宪《海行杂感》

这首诗，倘若换个名字，说是即将飞上天的宇航员写的，也未必教人怀疑。

黄遵宪的问题也很明显，跟前面龚自珍先生评价袁枚和赵翼差不多，他想法很多，兴趣很大，写出来的诗求新求变不假，但才力不足，水平有限，没法像梅尧臣、王禹偁那样引领一个新风潮。

苏曼殊则不同，在清末民初多种风格并存，诗坛上百家争鸣的时代，他的诗中，处处显露出些许魏晋人物的风度。

比如有一次，他饿得快死了，朋友来探望，见此状赶紧请他吃了饭，又给他留了笔钱。过了些日子来看他，他又快要饿死了，就问他："你怎么回事？"

他回答说："上次拿的钱，出去看到了一辆自行车，很漂亮，就买了一辆，剩下的钱看到有人在要饭，就给捐了。"

朋友哭笑不得："你又不会骑，买那玩意儿做什么。"

苏曼殊只说了一句："从心所欲尔。"

他这种性格，真让人有点捉摸不透。他母亲是日本人，父亲是广东茶商，他出生在日本横滨，加入过倡导革命的诗社。他最初也不叫这个名字，是后来在寺庙中拿旁人的度牒装起了和尚，改了法号叫“曼殊”，给自己取的笔名叫苏湜[①]和印禅，后人称呼他是“情僧”，如果直接翻译的话，也可以叫“花和尚”。

他嘴上说革命、写诗、写文、翻译，但对任何事都漠不关心，古人所谓佯狂避世，他却是佯狂成真。这种离奇古怪的性格，往往能写出不错的诗，有唐人诗意的作品，苏曼殊的七绝就很有水平：



海天龙战血玄黄，披发长歌览大荒。
易水萧萧人去也，一天明月白如霜。

——苏曼殊《以诗并画留别汤国顿二首·其二》

从他的作品上看，他是又豪迈又婉约，骨子里是细腻的，写的也往往是伤心话语，所以在年轻人中很吃得开，也颇受女性的喜爱。

这两人一个思想新潮，诗才有限；一个诗才高明，未能自开一派。但阴差阳错，成了同一时代的代表诗人。

---

① 音十。

所谓西洋学生捧黄遵宪，东洋学生捧苏曼殊，就像之前说唐诗宋诗的关系一样，并非严格分开。黄遵宪的诗喜欢写新事物，更见开放求新的西洋风格；苏曼殊诗中传达的扶桑味更见东洋风物。

与黄遵宪同时代的同光体，虽然体量庞大，人物众多，却比江西诗派还要无能，比起乾嘉体最终培养出黄仲则和龚自珍两位大将来说，同光体培养出来的宗师影响力有限，都局限在方寸之地上。

自康熙朝诗词兴盛了一段时间，乾嘉体与后来的同光体各自风光了一段时间。不少人学诗词，不再祖述李杜，更不提上继风骚，单在乾嘉、同光这两派中便能分出个今古两派。

乾嘉年间天下还算太平，虽然诗派繁多，但乾嘉体的诗，味道倒是差不多；到了同光体发端时，天下动荡，国家不宁，倒有点南宋代替北宋，盛唐走向晚唐的意思，但毕竟时代相邻，眼界相仿，习气虽不同，但远远谈不上能像唐诗宋诗那样分出两个大阵营来。

诗坛本就不大，这两派仿佛在里面硬生生开辟了两个小圈子。庄子故事里两个存在于蜗牛两只触角上的国家，双方互相争地，伏尸数万，看来热闹非凡，其实目光都没跨出眼前的一步天地，遑论诗坛更高处的天空。另一方面，他们写诗用字的习惯也不好，喜欢反复用一些固定的字词。同光体代表人物如郑孝胥、陈衍、陈三立三人，除陈衍外，其余两人很爱用“负气”“负手”“袖手”之类的词，表达自己是看客，传达出一种遗世独立的沧桑感。因此也有人叫他们同光负手体。

正是春归却送归，斜街长日见花飞。
茶能破睡人终倦，诗与排愁事已微。
三十不官宁有道，一生负气恐全非。
昨宵索共红裙醉，酒泪无端欲满衣。

——〔清〕郑孝胥《春归》



郑孝胥的“负气”有五首，“负手”写了三首，“袖手”写了六首；陈三立写了足足十三首“负手”的诗，“袖手”写了三首，堪称“负手狂魔”，他最出名的一句诗也是“凭栏一片风云气，来作神州袖手人”。

他的儿子陈寅恪，身为一代大家，清华四大导师之一，代表作里也要“负气”：

渺渺钟声出远方，依依林影万鸦藏。
一生负气成今日，四海无人对夕阳。
破碎山河迎胜利，残余岁月送凄凉。
松门松菊何年梦，且认他乡作故乡。

——陈寅恪《忆故居》（节选）

陈衍虽然不玩这一套，但是诗词中也爱写丈夫语。同光体的诗人大多也颇有些志气，有绝食而死的，有忠心为主的，个人际遇在时代洪流中风雨飘零，他们的结局和尾声，大多让人唏嘘。

之后轰轰烈烈的时代大剧拉开了帷幕，诗词风格更见雄壮，但诗词之道已不再是文人关注的重点，变成了时代的点缀和批注。

很多人认为清末已然是时代尾声，诗人当写豪迈语、写忧国语，可为什么还是有人写婉约心事、伤春悲秋、情情爱爱呢？

其实这里恰恰说反了。

这样的情境下，许多人是被打击到的，转而写一些避世消极的闲散之作，这也符合末世的样子。如果人人都振奋报国，从上到下众志成城，也就不是国之末世了。所谓末世，必是由上而下，而非由下而上，所以南朝诗风糜烂，唐末诗风绮丽，宋末连诗风都吹不起来。仔细看时，会发现许多看起来写情致的诗词中，往往也藏着一股子哀国忧世的味道。

所以对于大部分的普通诗人来说，要他们一逢国家兴亡之际就不许写春花秋月，不许写赏心乐事，不许寄情山水，那分明是强人所难了，许多诗人这么写，其实也不过是在苦难波折的人生中，寻找一方心中的乐土罢了。

侧身天地苦拘挛，姑射神人未可攀。

云若无心常淡淡，川如不竞岂潺潺。

驰怀敷水条山里，托意开元武德间。

终古诗人太无赖，苦求乐土向尘寰。

——王国维《杂感》

我后来足足活了八十八岁，在我死的时候，环顾四海，能写旧体诗词，并且写得还行的，大抵也只有我一人了。那时再回过头看看诗坛冷落之状，想想前辈名家，不由生出恍如隔世之感，只恨诗坛风潮两千年，到头来，却是我来关门守墓。我想这倒未必全是坏事，如今的时代，诗纵然还有些生命力，但要重振旗鼓，也定是要有所转变的，这并非是诗词不好，而是时移世易，环境使然。

绿上枝头事已非，江湖摇落欲安归。

诗人揣世秋来叶，祝取风前一处飞。

——钱锺书《亚历山大港花园见落叶冒叔子［景播］有诗即和 其一》

譬如唐人的情致风味，到了宋人这里却换成了筋骨理思，而到了今人，白话风行，不做旧语，更遑论以文言为诗，而白话诗中，也颇见佳作，倘若能融入旧体，未必不能枯树新生，只是现在想来，未免有痴人说梦的嫌疑，又有泥古不化的偏执，回想千年以前，《诗经》来时，又有什么五言七律，旧体古风？考证的最早的诗，仅有八字：

断竹，续竹。飞土，逐宍。

——〔先秦〕无名氏《弹歌》

以此观之，诗词本就该变，只是变者未必便通，还得有名家名篇，方能绍述诗史，重光诗坛。

噫，微斯人，吾谁与归？

# 后记：诗海待长风

写完最后一篇的瞬间，没有想象中那样长舒一口气，反而是留下了更多遗憾。

想写的人太多，可以写的人很多，可以写的故事也太多，但我写出来的太少，脑海中其他的诗人都在向我抗议，指责我厚此薄彼。

有时会感觉，诗人们的关系网就像芝诺说的那个圆，你写到的人越多，你没写的人就更多，而且从分量上看甚至有些分量轻的还顺带提了，那比他们分量更重的，比如吴文英等人怎么办？

但是就像我在最后一篇借钱锺书先生之口说的，选诗选人，总不免主观，篇幅所限，只能按照我自己的评估做了选择。最后一篇斗胆模仿了钱锺书先生的口吻，他老人家驾鹤未远，自揣仍觉冒昧。

从刘禹锡篇以后，大家也会发现每一篇里不再是单独的传主故事为主，而是夹杂着越来越多的同时代人物与流派，这也是为了尽可能让大家在有限的篇幅里，感受到诗这一方小小天地中的风云变幻，世事沧桑。

能读到这里，相信各位不仅对诗词的历史有了一点了解，肯定也具备了一些基础的诗词审美能力。所以在后记里，我们可以尝试讨论一些更深的问题，这些问题我也没有答案，只做交流探讨，也算进一步勾起大家对诗词的兴趣。

唐诗是诗史上无可置疑的巅峰，宋诗虽然有双峰并立的地位，但实际上宋诗、明诗和清诗的成就究竟如何，仍然没有定论。

这里所谓的成就是综合性的，比如突破性、创造性、整体质量和热度，假如把标准改成只看对诗道巅峰的探索，宋明清三朝其实都有在唐人基础上的突破，只是这种突破就像给一幢房子添加些了阳台、地下室和家具，始终没人做到像李杜那样直接推动整个房子升级改造。

假如随着时代不断进步，不断进行这样的改装，或许能有量变引发质变的那一天，但明清以后，这个探索不进反退，慢慢停了下来，许多人甚至一辈子都只是在房间里转圈，搞不清厨房和卫生间在哪，遑论其他。

到了现在，诗更像是个植物人，看不出什么复兴的迹象。

关于这个问题，大致有几种观点，一种认为旧体已经过时了，但白话诗于如今也几乎没有多少生命力可言。一种则认为现在的环境不符合诗歌发展的需要，包括语言环境、文化环境、人文水平。但除了前两者，古人的人文水平显然更在我们之下。

于是又有一种观点，认为诗歌的发展仍然在继续，就像乐府演变成词又转型为曲最后成了戏曲一样，我们的诗歌也直接升级成了歌曲。

这倒不算瞎说黄金时代的许多歌词拿出来单看也可以称得上如诗一般。

其实，从绝对数量上看，今人会写旧体诗的也不在少数，而且有不少人能写出些古人也未写出的新意，比如杜随和空浪：

造物拈骰子，一掷乃有我。拈此我复掷，半生旋未妥。

——杜随《杂诗》

从别后，各冥顽。街角单车分外闲。

我是彗星孤掷久，忆曾飞掠土星环。

——空浪《深院月·效流年》

也有些人，能写出十分浓厚的古人韵味，而且功力十分深厚，比如李梦唐和杨雪窗：

高阁垂裳调鼎时，可怜天下有微词。

覆舟水是苍生泪，不到横流君不知。

——李梦唐《咏史》

摩诘爱辋川，冥寞托云山。
九原思归心不死，乡人起冢葬衣冠。
昭余迢递三千里，风马云车寄游趾。
烟襟水佩来仿佛，我固知君死非死。
客子遄征展君墓，饱看万山作飙驶。
奠君椒浆诵君诗，松韵泉流犹在耳。
西风陌上野鸟啼，草色侵碑眼欲迷。
时人莫轻三尺土，峨峨应与太行齐。
木叶纷纷覆行迹，王孙寂寞今犹昔。
翌年春色眼中开，梦觉吟筇起夜台。
月明万树梨花雪，想见幽魂独往来。

——杨雪窗《谒王右丞衣冠冢》



哪怕白话诗中，也常常能看到一些让人眼前一亮的作品：

灯把黑夜
烫了一个洞

——姜二嫚《灯》（七岁时作）

以我观之，诗的核心不在于用什么格式，而是作者要表达的内核是否通过文字妥帖精准地传达出来。

带着这种心情去看，你会发现，很多电影的镜头，很多歌曲的旋律，大自然的鬼斧神工，山花海树，都仿佛有诗的韵律，它们仿佛在告诉我们一个秘密：

美，是共通的。

诗，只是其中一种表达形式。

有那么一群人，他们擅长用诗的形式表达，又有那么一群人，他们愿意从诗中去探寻美，诗便活着。

诗也不是完全没有毛病，它有自己的束缚（押韵、格律），更有不少所谓的诗人其实只是把古人的句子改来改去，放在自己的诗中，导致看他们的诗时，猜不出他们到底是什么时代的人。

这一方面是我们的诗歌早在屈原的时代就达到了抽象的高度，另一方面是“崇祖”文化，譬如评价某人某首诗，放在杜甫的诗集中也不会被看破，反过来说就是看不出古人的诗和如今的诗有什么区别。

更有一点，是诗成了一种批量化，流水线的产物。

艺术可以商业化，商业化就需要它能批量生产，但高明的画家，高明的音乐家，哪怕可以批量复制自己，但他们一定会更渴望突破自己，而不是重复。

同样是诗人，不可能人人都像李白、苏轼、杨万里这样举手成诗。

加之土壤不足，养分不够，期待参天大树自己长出来，未免异想天开。

而且，诗道和仕途、棋道、科学等领域有一点很像，就是它很漫长，有的人年纪轻轻天赋毕露，比如钱起，但是不代表他的诗能一直领先；有的人，可能年轻时诗词并不见高明，但当他经历了一些事情之后，对人生的感悟，对字词的拿捏，就上升了不止一个档次。

所以，有时候学写诗，不仅要有发现的眼睛，更要耐得住寂寞，能沉下心来去看红尘中许多的事，许多的人。

最后还要感谢一些人，他们未必是诗的创作者，但他们往往是赋予了诗第二次生命的人，比如汇编古人诗集的那些收集者；为古人诗作注的文人；收集诗人生平的作家以及著书立说、解读他们作品风格的大家。没有他们整理的这些作品，创作本书的时间至少要翻十倍；没有他们的整理，许多诗人想要学习古人的诗，花的时间也会更多，就更加难以超越前人的藩篱。



就像钱锺书先生在《宋诗选注》里说的小故事，亚历山大听说自己的父亲不断打胜仗开拓疆土，不是高兴而是紧张，因为他怕自己即位后就没有多少地方可以去征服了。

这些汇编整理的书卖得往往不如市面上的那些畅销书，譬如钱锺书的《宋诗选注》大概卖不过《围城》，《谈艺录》估计也卖不过《宋诗选注》，但是如果没有这两本书，本书便要缺斤少两许多。

这就好像影评人、乐评人、美食家，他们自己未必会拍摄、会表演、会谱曲、会做饭，但他们的专业就是从专业的角度去评价对方的作品。

正如同样的高考作文题，老师未必能比学生的作文写得更好，但老师显然有能力评价学生的作文好不好，这本身就已经是一个系统专业的工作。

庄子在《逍遥游》里说大鹏鸟迁徙之前，要先等到大风，要乘风飞上九万里的长空。

如今诗海虽然一片沉寂，但它的汹涌暗流中，或许也藏着一只大鹏鸟，在等待着海风骤起，扶摇直上，我当然不会是那只大鹏鸟，但我愿意为这一阵风添一把力！

在未来，我可能会发表自己的诗，我关于诗人的新作品还会有更多，但是在此之前，我希望能借助这本书为大家提供一个进入“诗”这个世界的入口，也借这篇后记提醒我自己，不要忘了因为热爱诗词，才创作这本书的初心。

同渡沧海，与君沉浮，我是萧楚白。

## 参考书籍


1.〔汉〕司马迁《史记》. 中华书局

2.〔南朝〕刘义庆《世说新语》. 中华书局

3.〔南朝〕钟嵘《诗品》. 上海古籍出版社

4.〔唐〕房玄龄等《宋书》. 中华书局

5.〔唐〕李延寿《南史·隐逸传》. 中华书局

6.〔宋〕欧阳修《新唐书》. 中华书局

7.〔元〕辛文房《唐才子传》. 中华书局

8.〔元〕钟嗣成《录鬼簿》. 中华书局

9. 钱穆《国史大纲》. 商务印书馆

10. 钱钟书《宋诗选注》. 人民文学出版社

11. 钱钟书《谈艺录》. 三联书店

12. 王力《诗词格律》. 中华书局

13. 袁行霈《中国文学史》. 高等教育出版社